書下ろし

すっからかん

落ちぶれ若様奮闘記

経塚丸雄

祥伝社文庫

目次

序章　西ノ館の御預人

ほの暗い青木の繁みの中、肉厚な葉の隙間から、ソッと銃口だけをのぞかせた。

真鍮製の細長い把手をゆっくりと引き起こす。機関部がカチリと小さく鳴り、撃鉄は固定された。

さかんに鳴きかわしていたヒグラシが、あたりに漂い始めた殺気を感じとり、急に押し黙る。十間（十八メートル）先、キジは虫をついばむのを止めた。顔をあげ、周囲をうかがいはじめた。

一瞬、キジが横を向き、幅のある側頭部が露わになる——今だ。

シュポン！

余韻をひかない、乾いた発射音がして、頭を射抜かれた雄キジは、コロリと草叢に転がった。

「や、お見事！　いつもながら見事なお手並みに御座いまするな」

岡村幸太夫が歓声をあげ、袴の股立ちをとって駆けだした。

その太り肉な背中がユサユサと揺れるのを目で追いつつ、須崎槙之輔は、窮屈な〝座り撃ち〟の姿勢からゆっくりと身を起こし、大きく息をはいた。

齢は二十代半ば。中肉中背。引き締まった口元に、細くて形のよい鼻、日焼けした容貌はおおむね秀麗といえる。ただ、甘美な優男ではない。むしろ、清冽な印象だ。深い眼差しは、聡明さを感じさせる一方で、いささか複雑で内向的な人柄を表しているようにもみえた。

畑を荒らす野ウサギを撃つつもりが、図らずもキジを獲ってしまった。大分涼しくなったとはいえ、まだセミが鳴いている。キジ肉が美味くなるにはまだちと時季が早い。それに雄キジは雌にくらべて肉が堅く、これから調理する立場の槙之輔としては、好ましからざる食材といえた。

（また、いらぬ殺生をしてしまったな）

国友一貫斎作の気砲――要は、空気銃であるが――の銃口に、和紙に包んだ次弾を押し込みながら、槙之輔は心中で自らをなじった。

嫌なら嫌で、撃たねばよさそうなものだが、槙之輔の微妙な立場では、幸太夫が先に獲物を見つけ「ほら、キジに御座いますぞ」と、その団栗眼に期待を込めて囁いてきた以上、撃たないわけにはいかないのだ。

「槙之輔様、もう一～二羽……キジでもウサギでも獲りましょうぞ。中間、小者にも腹一杯、肉を振る舞いとう御座いますゆえ、アハハ」

十間先の草叢で、嬉しそうに獲物を掲げながら、幸太夫が叫んだ。

この男、いくら「獲物が逃げるから、猟場では大声を出すな」と諭しても一向に改める風がない。わざわざ音の出ない気砲を使い〝忍び猟〟を続けている意味をどうとらえているのか。一瞬、厳しく叱責したい衝動にかられたが、やはり、己が立場を顧みて怒りを封じこめた。

「またキジとウサギを一緒に煮させる気か？　まったく味が違うだろうに、お前にはなにを食わせても同じだな」

怒鳴りつけるかわりに、言葉に精一杯の皮肉をこめたつもりだったのだが、幸太夫には皮肉などはあまり効かないのだ。どうやら神経の構造が常人とは若干違っているらしい。

「どうせ砂糖と味噌で煮るので御座いましょう。キジとウサギ、手前には味の区別は全然つきませせぬ、アハハ。それにどうせ末は糞になるわけですしな、ガハハハハ」

（糞だと？　俺の作る料理の行末をよくも糞呼ばわり……ま、確かに、糞にはなるのだが）

相手に悪気はないのだから、本気で腹を立てることはしないでおこう。

幸太夫は決して馬鹿ではないし、おおむね好い漢なのだが、こういうガサツで無配慮なところが、こまやかな槙之輔の神経を逆撫ですることも多い。そもそも、キジとウサギの肉はまったく別ものだ。香りも肉質も全然違う。幸太夫の味覚が崩壊していることを、今日は改めて確信した。

ちなみに、この猟場は天然の山野ではない。

大和鴻上藩十一万石、江戸深川下屋敷の広大な敷地内だ。築地塀のすぐ向こうには小名木川が流れ、猪牙舟や高瀬舟が頻繁に行き交っている——江戸の繁華な下町なのだ。

大名家下屋敷といえばたいそうに聞こえるが、鴻上家が幕府から拝領する二つの下屋敷のうち、藩主一家の別荘として整備がなされているのは青山の下屋敷だけ。ここ深川のそれは農園、あるいは蔵屋敷として使われており、それ以外は草茫々の大原野となっていた。

この下屋敷に勤める者のうち、士分と呼べるのは留守居役の幸太夫の他に、徒士の黒田半兵衛がいるだけ。都合二人。後は足軽と中間、小者が二十人ほど——で、留守居役以下、全員が鋤、鍬を握る。幸太夫、その茫洋とした風貌からしても、留守居役云々というより、農民の親玉と呼ぶ方がピタリとはまる。

ただ、この無神経な男には、藩主鴻上伊勢守から別途重要な役目が与えられていた——罪人の監視である。

須崎槙之輔は、伯母の嫁ぎ先である大和鴻上藩に「預」となり、ここ深川下屋敷の西ノ館に軟禁されて五年が経つ。

元は信州須崎藩一万八千石の、正真正銘の世子だった。

五年前、父須崎安房守は御城内で大番頭城島勘解由と口論、激昂抜刀した城島に刺殺された。直後、相手は自刃して果てたが、喧嘩両成敗ということで両家は改易となったのだ。

「埒もない。父は『殿中であれば』と、御定法を遵守、脇差を抜くこともせずに、一方的に刺し殺されたので御座います。それを両家同罪とは、断じて、断じて納得が参りませぬ」

当時、二十歳だった槙之輔は、単身登城して強硬に直訴したのだが、老中大久保加賀守はとり合ってくれなかった。寧ろ、以下の言葉で説諭された。

「悪いことは申さぬ。貴公のためじゃ。一旦は身を引け。安房殿は乱暴狼藉の一方的な被害者……事情は誰も皆分かっておるゆえ、再起を期す日も御座ろう。今は隠忍自重すべきところじゃ」

「隠忍自重？」

「如何にも。槙之輔殿、ここは辛抱じゃ」

加賀守は四十過ぎ。物腰の軟らかい小田原城主だ。後に、かの二宮尊徳を登用して農地改革を断行、藩財政を建てなおす名君である。

「加賀守様、手前にはトンと合点がまいりませぬ。詳細を御説明下され」

「説明するのはよいが、ちと貴公には辛い話となるぞ」

「お聞かせください！」

「うむ、安房殿を刺した城島は、色々と問題の多い男であってな」

「……」

父を刺した城島勘解由が、馬鹿で、短気で、粗暴であることは、御城内で知らぬ者はなかった。殿席は菊の間——槙之輔の父とは相部屋で、かねてより顔見知りであったようだ。

昼の九つ（正午頃）をすぎた頃、事件は起きた。

安房守と城島は、弁当をつかいながら和気藹藹と談笑していたという。日頃より城島は情緒不安定で、些細なことから激昂する癖があり、誰も近寄ろうとはしない。昼食時も独り寂しく食べていることが多く、人の好い安房守の方から声をかけたらしい。

「暫時お待ち下され、御老中」

「なにかな？」

「父は孤独で哀れな男に情けをかけた。これは寧ろ美談。ここまで、父に落度は御座いませぬな？」

「ない」

「御意ッ……では、お続け下さい」

その後、どのような経緯であったのか、二人は口論を始めた。口論――というよりも一方的に城島が激昂して怒鳴り、それを安房守が必死になだめる、という構図であったらしい。

周囲の大名たちが「関わり合いにならぬよう」と席を立った刹那、城島が脇差を抜き放ち、意味不明なことを叫びつつ安房守に斬りかかったのだ。

「意味不明なこと？」

「そうじゃ」

「で、どのような？」

「確か『本多の恨み、覚えたか』であったかのう」

「本多の恨み……に御座いまするか？　それは一体どのような？」

「だから、そこが意味不明なのよ」

「……御意」

「貴公こそ、なんぞ思い当るふしでもないのか、本多に？　あるいは恨みに？」

「さて、一向に」

「ふむ。でな……」

安房守は悲鳴を上げ、広い菊の間内を逃げまわった。背後から数太刀を浴びせられ、恐怖のあまりに失禁――。

「し、失禁？」

「左様、己が血と小便を畳の上にぶちまけた。そこを二人で幾度も駆け回ったのじゃぞ？　菊の間はもう畳から襖から、総替えじゃ。大損害じゃ」

（そういう問題か！）

一瞬、心中で吼えたが、無論、面には出さない。

さらに十数ヶ所を斬られ、血が流れて動けなくなったところを、大柄な城島に押さえ込まれた。襖の陰でふるえて見ていた表茶坊主の証言によれば、安房守は観念し、静かに瞑目——そこで首を一突きにされたという。

直後、城島は隣室に移動、躊躇なく自裁して果てた。これが事件の経緯であるそうな。

「ところが、話はそれでは終わらなかったのだ」

「と、申されますと？」

「上様じゃよ」

加賀守によれば、ことの顚末を聞いた十一代将軍徳川家斉公が、いたく機嫌を害されたというのだ。

「そもそも須崎安房は、なんたる為体か！」

暴漢に襲われて手向かうこともなく、ただ悲鳴を上げつつ逃げ惑い、あまつさえ大名が失禁とは——。

「実に見苦しい。武士にあるまじき振る舞いなり」

と、本来暴力の被害者であるはずの安房守の方に、公方様の怒りの矛先が向かってしまったのだ。城島が、その意味では潔く自裁し、加害者の印象が好転したことも、安房守には不利に働いた。結果、喧嘩両成敗——両家改易となった次第である。

「……」

四年前、須崎藩の世子となり、十六歳にして初めて登城、家斉公に御目見得を許された。その折の、気難しそうな御尊顔を、槙之輔は思い出していた。

ただ、事実として、こちらは失禁、あちらは自刃——完全に分が悪い。

(ま、父上らしい)

と、思い成し少し涙ぐんだ。

母が卑賤の出で、庶子として藩内で冷遇された槙之輔にも父は優しかった。家臣を強く叱責することもなく——若干女好きではあったが——領民たちからも慕われていたことは間違いない。その父の優しさが、親切心が、今回だけは徒となったようだ。いつも穏やかで、ニコニコと微笑んでいた父須崎安房守の面影が、槙之輔の脳裏に蘇る——。

(ああ、おいたわしや、父上)

と、心中で両手をあわせつつ、件の松の廊下を、蟬しぐれを聞きながら、トボトボと一人歩いた——あの夏の夕べを、槙之輔は今も忘れない。

通常「預」には二途がある。

未だ刑が確定する前に未決拘留する場合と、刑罰として軟禁する場合である。槙之輔のそれは後者だ。彼は父の改易に連座し、罪人として鴻上家に預けられていたのである。ただ、いずれの場合も公儀からの命令で預かるわけで、受け入れ側の藩は御預人の監視に神経をとがらせたという。

仮に江戸下屋敷に預かるとしても、抜け目のない留守居役に厳しく監視させ、御預人を室内に押し込めておく例が多かった。些細な不都合でもあれば、藩主の監督責任を問われかねないからだ。

しかし槙之輔の場合、受け入れ側の鴻上伊勢守が、義理の甥に同情、軟禁二年目以降は二万五千坪の広大な下屋敷の敷地内に限り、槙之輔に行動の自由を与えてくれている。本来は厳格な監視役たるべき岡村幸太夫とも、朋輩のような関係性を築いており、すこぶる居心地がいい。あまりに馴れ馴れしくなり過ぎ、彼我の立ち位置を見誤らぬよう、槙之輔の方が気を使っているほどだ。

深川下屋敷は、母屋(おもや)と、槙之輔が住む西ノ館、奉公人用の長屋、土蔵が八棟あるだけで、あとは放置され、雑木林と原野が延々と広がっていた。近隣も似たり寄ったりの広大な荒れ屋敷が多かったから、この界隈(かいわい)は野鳥や小動物の楽園となっている。

槙之輔は、数少ない父の遺産である気砲を手に、敷地内の原野を駆け巡って暮らしていた。小鳥や野ウサギ、池に来る水鳥、その池に潜む野鯉(のごい)などを獲っては、自ら調理し、食らい、家族に供し、幸太夫たちにふるまった。運動にもなるし、滋養も補える。おおむね快適な日常だ。槙之輔は、伯母と伊勢守の温情に深く感謝していた。

ちなみに、改易に際し、当然拝領屋敷（不動産）はすべて公儀に返納するわけだが、家財道具（動産）は「お構いなし」との沙汰(さた)が下った。私物と見做(みな)され「自由にしてよい」との意である。

小藩とはいえ須崎家は、一応は大名だから、それ相応の家宝めいた品もあったのだが、家老たちに命じてすべて金に換えさせた。領内で発行した藩札の換金や、禄(ろく)を失う藩士たちの立ち退き料（退職金）に充当するためだ。よって気砲は、ほとんど唯一(ゆいいつ)、槙之輔の手もとに残った資産なのである。

つまり、現在の槙之輔は「すっからかん」なのだ。

槙之輔と西ノ館で同居するのは――親族が二人、奉公人が二人、自分を入れて都合五人だ。その家族に対し、伊勢守から〝堪忍分〟として支給されるのは、年にわずか百俵にしか過ぎない。現金になおすと三十五両ほどか。この時代、腕のいい大工なら年に二十両は稼いだから、槙之輔一家の暮らしぶりは推して知るべしであろう。堪忍料が低額なのは、決して伊勢守が吝嗇だからではない。高禄を与えて公儀に睨まれぬよう、配慮してあるのだ。

ただ、年に三十五両では暮らしにゆとりはない。食費の切り詰めの意味でも、狩猟は槙之輔の道楽である以上に、家計の助けとなっていた。

晩夏の払暁、塒へともどる野ウサギが通るのを、草叢に隠れて待ちながら、槙之輔は父の仇が最後に口走った言葉を思い起こしていた。

（〝本多の恨み〟か……分からん。父上は本多と申す者に、なにをされたのか？どのような関わりをもたれたのだろうか？）

本多姓は、徳川の家臣団には珍しくない。三河の本多党の末裔たちだ。

「！」

一瞬、槙之輔が前方の繁みに神経を集中させた。

しばらくして、獣が草を踏む物音がかすかに伝わってきた。音より気配の方が先に到達するようだ。

「………」

槙之輔は息を殺し、気砲の銃口をそちらへと向けた。

第一章　江戸深川(ふかがわ)、小名木川(おなぎがわ)の畔(ほとり)

（一）

「ああ、ひゃっこい、ひゃっこい」

小名木川にかかる新高橋(しんたかばし)を渡り、水売りの声が深川西町(にしまち)を抜け、武家地へと近づいてきた。

ここ十日ほど雨が降らず、たいそう乾燥しているので、残暑の陽光に焼かれた路面からは、陽炎(かげろう)が立ちのぼって見えた。

義母の加代(かよ)から「一度飲んでみたい」とせがまれて、水売りから冷水(ひやみず)をもとめることにしたのだが、あいにくと下男の弥五郎(やごろう)は京橋(きょうばし)まで使いに出しており不在だ。

槙之輔は、財布からつかみ出した銅銭十二枚を握りしめ、長屋門の傍らにある小門から首だけを突き出した。

ま、幸太夫に見て見ぬふりをしてもらい、希に外出ぐらいはするのだが、建前上は罪人であり、幕府からの御預人である。昼のひなか、堂々と門から足を踏み出すところを見られると都合が悪い。

一杯四文——冷水とは名ばかりで、もう大分生温くなっているのが常らしいが、その申しわけのように砂糖と白玉が入っており、婦女子はこれを好む。

義母と義妹と女中の小絵女の分で三杯——都合十二文。自分は遠慮する。日頃から義兄が節約していることを知っている綾乃は「私は要りません」と言ってくれたのだが、その気持ちがいじらしく、また、ここでわずか四文をケチると兄の沽券にかかわるような気もして、義妹の分も注文することにした。

「おい水屋、三杯くれ」

「へい、毎度」

——毎度ではない。振り売りの冷水を買うのは今回が初めてだ。

冷水売りの年齢は二十代の半ば——ちょうど槙之輔と同世代だ。いかにも古着の、くたびれた親子縞の小袖の裾を端折り、帯に手挟んでいた。その両眼には社会への不満と不遜さをみなぎらせている。

（ああ、嫌な相手に声をかけてしまったのかなァ）

と、一瞬凹んだが、もう声をかけてしまったものは仕方がない。綸言汗の如しである。

「屋敷内で飲みたいので、暫時待っていてもらえるか？」

「や、ここで飲まれたら如何です？」

男は、露骨に嫌な顔をした。水売りは、掌にもったとき冷涼に感じるよう、熱伝導のよい錫や真鍮製の器を使っている。その高価な器を返すまで「待っていろ」と言われたのが不快だったのだろう。

「母と妹に飲ませたいのだ。料簡してくれ」

「暫時ってどれくらい？」

「すぐだよ。飲んだら、すぐに器を持って参る」

「こっちも商売だからねェ」

「……」

だんだん腹が立ってきた。その物言い、幾らなんでも無礼であろう。「下郎、俺を誰だと思っている！」と心中では吼えたが、それを口にするほど槙之輔は愚かでも、無分別でもない。

(ま、御老中も仰っていたな……なにごとも隠忍自重だ)

代金十二文で済むところを、愛想笑いに酒手三文を足して都合十五文を渡し、錫製の器を三つ抱えて、ヨロヨロと屋敷内へ引き返した。


ここ本所深川の住民には、水の苦労があった。

この界隈は、元々海沿いの湿地帯であったところを、埋め立てて造成した新開地である。井戸を掘っても、よい水には恵まれない。風呂や洗い物には使えても、塩味が舌に障り、飲み水としては適さない。

元々は亀有上水(本所上水)が一帯に給水していたが、費用がかかり過ぎ、享保七年(一七二二)に青山上水・三田上水・千川上水と共に廃止された。

上水の廃止以降、本所深川では、神田上水の水を「船で運んで」使っていたのである。道三堀の銭瓶橋から上水のあまり水を放出しており「吐き樋」と呼ばれた。その水を巨大な水船で受けて、大川を渡って川向こうまで運び、水屋が一荷(水桶二つ・十三貫・四十九キログラム)を四銭(八十円)で売った。下町の住民にとって、真水は購入するものであり、彼らはことのほか水を大切に扱ったと聞く。

もっとも、神田上水、玉川上水の方も、使用は決して無料ではなかった。

徴収した利用料は、主に二種類である。「普請金」と「水銀」だ。

普請金は、上水の普請修復費名目で徴収され、水銀は維持管理費名目で別途集められた。

現代のように使用量に応じて負担金額が決まるわけではない。

普請金、水銀ともに徴収額の算定は以下の通り。

町方は小間口に応じて――つまり地所が表通りに面する間口の間数に応じて負担した。玉川上水の場合、小間口一間につき銭十一文。

武家は石高に応じて負担した。玉川上水を使う武家の場合、高百石につき、年に銀二分二厘が徴収されたという。

「どこが『ひゃっこい』のですか？　まったく『ひゃっこくない』ではありませぬか」

「申しわけ御座いません」

美しい顔に不満の色を宿した義母に平伏して詫びた。

義母は——現在は、形だけ落飾して寶顕院と号しているが——名誉の御書院番士二千石の家に生まれた。長ずるとその美貌が評判を呼び、旗本寄合六千石の酒井藤九郎に嫁し、綾乃をもうけた。藤九郎は早世したが、当時加代はまだ二十五歳の若さで容色が衰えることはなく、高一万八千石の大名である槙之輔の父に見初められ、側室となったのだ。

家を移るたびに、禄高が三倍となる幸運な女性だが、夫は早世したり、殿中で刺殺されたり——ろくなことにはならない。世間から「傾城の佳人」と呼ばれる所以である。現在、三十六にして、今もまだまだ美しい。

「槙之輔殿に謝られてもねェ」

「でも甘くて、とても美味しいですわ」

傍らから義妹がとりなしてくれた。

綾乃はいつも、なにくれとなく槙之輔を援けてくれる。その姿勢は、外神田にあった父の上屋敷での初対面以来、毫も変わらない。槙之輔が十四歳、綾乃七歳の秋からで、もう随分と長いつきあいだ。

当時はまだ腹違いの弟が存命中であった。二歳年下の弟とは折り合いが悪かった。槙之輔の亡母は出自のせいで、側室ですらなく、その倅である彼は庶子の扱いであった。由緒正しき正室の子である弟からは「兄上は、野蛮な猟人の出だから」と笑われ、虚仮にされていたものだ。

　大名の兄弟関係とは所詮「そのようなものだろう」と諦観していただけに、にわかに出現した可憐な妹が、槙之輔に微笑みかけ「兄上、兄上」と慕ってくれるのが驚きで、嬉しくもある反面、おもはゆく、数年の間は、寧ろ義妹から逃げ回っていた記憶がある。

　須崎藩の世子として小石川の中屋敷に住んでいた弟が不慮の事故死を遂げ、他に男子はいないことから、庶子の身ながら槙之輔は跡継ぎに繰り上がった。

　各大名家の江戸藩邸は上屋敷、中屋敷、下屋敷に分かれる。上屋敷には当主たる大名と、その家族が住み、嫡男や先代の家族は中屋敷に住むのが通例となっていた。ちなみに、下屋敷は別荘であったり、農場であったり、蔵屋敷として使ったりと各藩御勝手次第。

　継嗣として小石川に移り住んで以降も、槙之輔は綾乃の顔を見たさに、なにかと用事や口実を見つけては、外神田に通ったものだ。

　恋とは違う。勿論、劣情などはとんでもない――少なくとも槙之輔はそう思っている。血の繋がりこそないが、仮にも妹なのだ。獣ではないのだから、男女の興味などあり得ない。

綾乃は目をひく美人である。ただその美しさは、母親の「男を打ちのめすような華麗さ」とは趣を異としていた。どこかに愛嬌のある、穏やかで庶民的な美貌なのだ。

「私なぞは、父親似で御座いますから」

と、綾乃は自虐するが、槙之輔の趣味からすれば、寧ろ彼女の美しさの方がよほど男心を――や、決して、決して色恋ではないのだが。

「ならば『甘くて美味しい』とふれ歩くべきです。そうでしょ?」

「え? あ、はい……」

――少々狼狽した。綾乃のことを考え込んでおり、義母が生温い冷水に延々と文句をつけ続けていたのを、聞いていなかったのだ。

「冷たくもないものを『ひゃっこい』というあざとさが私は嫌です。まるで『かたり』ではありませぬか」

「御意」

「母上、そこは商いで御座いますよ。多少の誇張はいずこも御座います。一杯わずか四文。目くじらを立てるほどでは御座いますまい」

「いくら商いだからって……でも、ま、もうよろしい。確かに、ほんのりと甘くて不味くはない」

と、義母は錫器をあおり、一粒底に残った白玉をグイッと喉に流し込んだ。その流れるような所作が如何にも無駄がなく麗しい。上を向き、白い喉が露わになると妖艶ですらある。思わず見とれていると、冷水を飲み終え、向き直った加代と目があってしまった。

「い、いずれにしましても……申しわけ御座いません」

――狼狽し、取り繕うために再度深々と平伏した。

槙之輔は大名の倅として生まれた。一時は跡継ぎとなり、正真正銘の「若殿様」となった。そして今は浪人の身分に落ち、御預人となり、わがままな義母や、がさつな留守居役、横柄な物売りにまで気を使いながら暮らしている。この五年で、愛想笑いと、空気銃、料理の腕前だけが格段に上達した。

（ま、これも人生……それなりに面白いし、勉強になる）

そう思い成して、義母と義妹と女中が飲み終えた錫器を手に、水売りが待つ表門へと急いだ。

（二）

その日は朝から、珍しく槙之輔に来客があった。

元須崎藩江戸留守居役の本間仙衛門と、元馬廻衆の佐々木源蔵である。

仙衛門は、家老職と兼務して〝公儀人〟を務めていた。公儀人は、幕府や他藩との折衝を担当する。現代で言えば渉外担当重役といった枢要な立場だ。今も江戸における旧須崎藩の代理人をつとめている。博学多識、温厚篤実――ただし、若干気が弱く、ときに「振舞いが卑怯」とのそしりを受ける。

一方源蔵は、かの荒木又右衛門を祖とする柳生心眼流の免許皆伝で、江戸藩邸の剣術指南役をつとめていた兵法者である。父が、その一本気な気性を愛し、いつも傍らに引き連れていた側近中の側近だ。志操堅固にして性格苛烈――漢の中の漢ではあるが、少々頭が軽い。

ともに一長一短のある両名だが、槙之輔の股肱であることに相違はない。

須崎藩にも優秀な人材は数多いたのだが、改易後は〝出来る男〟から順番に他藩への仕官が決まっていった。結果、残ったのは馬鹿やひねくれ者、半病人ばかり――ま、いつの世も同じであろう。

仙衛門と源蔵にも他家から仕官の声がかかったらしいが、二人は敢えて浪人の道を選んだ。槙之輔がいるかぎり、須崎藩再興の目は残されている。彼らは、そこに賭けてくれたのだ。

(仙衛門と源蔵は、俺の手に残るたった二つの手駒だ。文句など言わず、大事にせねば)

槙之輔が心得違いをし、「元は臣下だ」と頭ごなしにものを言っては、忠臣の心も離れてしまうだろう。ただ一方で、過度にへりくだり、相手を増長させるのもいけない。

父から授けられた金言――「殿様は威張らず、なめられず」が肝要だ。

武家の主は特に頭脳明晰でなくとも務まるが、この辺の家臣扱いの機微にだけは長けておかねば家中は治まらない。

二人の元重臣の用向きは「槙之輔様、御機嫌伺い」である由。

しかし、それだけではあるまい。鴻上家からの堪忍分を受け、貧しくとも定期収入のある槙之輔とは違い、二人には日々の暮らしがある。

禄を失って五年、窮乏していることは想像に難くない。「御機嫌伺い」なぞという長閑な理由で、わざわざ深川くんだりまでやってくるとは思えなかった。

「久しいのう。息災であったか?」

「槙之輔様には御機嫌麗しゅう。仙衛門恐悦至極に存じまする」

——今は互いに一介の浪人同士なのだが、一応は元君臣の礼で言葉が堅い。

「ここへは、猪牙舟で参ったのか?」

「御意ッ」

深川下屋敷は、本所深川を東西に走る小名木川に面している。

屋敷の裏手がすぐに水路で、石垣に直接高瀬舟を乗りつけることができた。鴻上藩の領地がある奈良の物資を、大坂から海路で運び、八棟ある蔵に搬入するのに極めて都合がよい。東へ二町(二百十八メートル)進めば大横川との交差、西へ十町(千九十メートル)で大川に出る。猪牙舟で掘割をぬって行けば、江戸御府内どこへ行くにも、どこから来るにも便利な立地と言えた。

「小伝馬町からここまで、どれほどかかる?」

仙衛門は小伝馬町界隈で武家の子弟向けに私塾を開き、糊口をしのいでいると聞いていた。

「左様、半刻(約一時間)はかかりませんでしたな」

「ほ、ほう……左様か、存外に速いものだな」

残念ながら、槙之輔が訊ねたのは所要時間ではなく、船賃の方だ。猪牙になど乗ったことがないから相場が分からない。金額を知れば、ある程度、仙衛門たちの懐具合、困窮度が知れると思ったのだ。

しかし、改めて訊きなおすことは躊躇われた。

槙之輔が、わずかな船賃の金額に執着していたことが、旧家臣たちに広がれば、彼らは「ああ、若殿も落ちぶれたものよ」と落胆し、現実に押し潰され、御家再興の夢を放棄しかねないと危ぶんだからだ。

改易後、槙之輔自身が命じたので、今は「槙之輔様」と呼んでくれているが、旧家臣団の中では、槙之輔はあくまでも「若殿様」なのだ。いつか、槙之輔を当主に担いで御家再興が叶い、帰参が許される日を元家臣たちは切に願い、祈っている。彼らの夢を壊してはならない。

ちなみに、猪牙舟で柳橋から新吉原まで行って百四十八文（約三千円）だったと聞く。行程は一里ほどだ。小伝馬町から深川の鴻上藩下屋敷までは一里足らずだから、ざっくり「百三十文（約二千六百円）ぐらい」と言っておく。

「では、話を聞こうか」

「御意ッ」

仙衛門はこの五年間、江戸留守居役時代からの伝手を頼り、須崎藩再興に向け、政治的に動いてきた。槙之輔の軟禁も五年目に入り、幕閣の間から「そろそろ」との声も聞かれるようになってきた昨今、よい具合に将軍家でお目出度があった。今年の四月八日、将軍家世嗣家慶公に男児が誕生したのだ。幼名正之助君――後の十三代将軍家定公である。

将軍家でお目出度があると、恩赦が発されるのが常だ。

仙衛門は色めき立ち、ここを先途とあちこち走り回ったのだが、今回も槙之輔の恩赦、須崎家の再興は見送られたという。

「理由はなんであろう？　どうして見送られた？」

「そこは、やはり、上様の思し召しが……」

「家斉公がどうされた？」

「手前が御相談申し上げております幕閣中枢のお方によれば……」

（なにが幕閣中枢だ。どうせ御老中であろう。それも松平右京大夫だ。ここにいる者は皆知っておる。他には仙衛門に伝手などないのだから、隠す必要もあるまいに。こういうもったいぶった言い方をするところがどうもすかん。仙衛門の

悪癖だな）

と、心中では愚痴っても、面に出してはいけない。繰り返すが、仙衛門は、槙之輔と須崎家にとって最重要人物の一人。機嫌をそこねてはならない。「なるほどそうか、うんうん」と真摯な態度で聞いている風を装うことこそが、殿様道の要諦なのだ。

「上様は、過日の事件を今もお忘れではない御様子なのです」

「……つまり、失禁か？」

「お、恐れ入りまして御座います」

二人は期せずして同時に平伏した。目前に座っている男の父親の醜聞、平伏するより他に反応の仕様がない。

家斉公、御老中方から須崎家再興の話が出るたびに——

「ああ、例の〝粗相の家〟か……よい、捨ておけ」

と、話を聞いてはくれぬ由。御老中方もとり付く島がなく、往生しておられる由。家斉公は今も、喧嘩の相手を刺し殺した後、躊躇なく腹を切った城島勘解由の方に同情的であられる由。

「勘解由は畢竟、荒武者であったよのう」

と、城島家の再興の方に興味が向かっておられるのだ。

如何な城島といえども公方様の前で激昂したはずもない。彼が癇癪持ちの「鼻つまみ者」であったことなど、家斉公は一切御存知ないのだ。大柄で筋骨隆々たる城島の風貌を思いだし、頭の中で勝手に「好漢城島勘解由」「一途な荒武者城島勘解由」と主君が臣下に対して期待しそうな〝幻影〟を作り上げておられるのかも知れない。

「ほう、城島はそんなに大男であったのか？　知らなかったな」

槙之輔は、父の仇には面識がない。

「六尺（約百八十二センチ）を越す偉丈夫であった由に御座います」

（父上、おいたわしや）

安房守は痩身短軀であった。身の丈は五尺――あるか、なしか。

見上げる巨漢から、凶刃を手に追いまわされ、組み伏せられ、喉を突き刺されて逝った父。

（さぞ、恐ろしかったであろうなァ。素人が大熊に襲われたら、誰でも小便くらい漏らすわ。上様も父上を軽蔑する前に、一度同じ目に遭って御覧になればよいのだ）

不条理な暴力男への憤りが五年ぶりに蘇り、同時に、公方様の不見識に腹が立ち、槙之輔は強く唇を噛んだ。

ただ現実問題として、父の仇である城島勘解由は、凶行直後に自ら自裁して果てている。半裃の前をくつろげて腹を一文字に切り裂き、その後喉を突いて息絶えた。父親の仇を誉めたくはないが、見事な切腹といえる。

また、幕府は喧嘩両成敗の御定法に則り、両家をともに改易処分とした。つまり総じて、最低限の公正さは担保されたのだ。元禄期の松の廊下での事件と大きく異なる点である。五年前に、槙之輔、あるいは須崎藩士の中から「御沙汰、受け入れ難し」との発想が出なかった所以だ——今までは。

「ところが、その城島家が、禄高二千石の御旗本として再興される旨、ほぼ決まった由に御座いまする」

「な、なんと」

かなりの衝撃を受けた。本当のことなのだろうか？

事件当時、城島勘解由は大番頭であった。大番頭の役高は五千石だが、城島家の家禄が六千石なので、彼は〃持高勤め〃であった。その六千石を三分の一に減封した上で家名を再興させる——如何にも幕府がやりそうな処分ではないか。これは存外本当かもしれない。

「亡き殿の仇、勘解由の嫡男である城島富士之丞（ふじのじょう）が当主となる由」

富士之丞はもう十歳になっているはずだ。槙之輔と同様に他藩にお預けとなっている。確か、青山下野守（あおやましもつけのかみ）の下屋敷と聞いた。

「それはおかしいだろう。喧嘩両成敗だというから、我が須崎家は泣く泣く改易を受け入れたのだ……本来ならば、一方的な被害者なのだからな。それを、当家は駄目で、先方だけが御家再興とは……如何にも不公平ではないか」

槙之輔の声が自然に大きくなる。癇癪が起きかけていた。父は乱心者から斬りつけられ、思わず小便を漏らしてしまった。確かにそれは情けない仕儀だ。しかし、たったそれだけのことで、ここまで不条理な差別待遇を、延々受け続けねばならないのだろうか。

「まことに、仰る通りには御座いまするが……手前が御相談申し上げております幕閣中枢のお方によりますれば……」

「老中の松平右京大夫様であろう。まどろっこしいわ！」

「も、申し訳御座いません」

反射的に、仙衛門が畳の上に平伏した。

――ついに切れて元家老を怒鳴りつけてしまった。これはよくない。「殿様は威張らず、なめられず」の金言に反している。

「すまん……そなたに当たるのは筋違いであるな、許せ」

「いえ、御無念のほど、御心中お察し申し上げまする」

双方が黙り込み、座敷に気まずい沈黙が流れた。息をゆっくりと吐いて、気持ちを静めよう。怒号や罵倒からはなにも生まれない。

「で、御老中はなんと仰せなのだ？」

「はッ。これは寧ろ、当家にとって好機ではないのか？　と」

「好機とな？」

「御意。されば……」

仙衛門によれば――城島家のみの再興により、喧嘩両成敗の均衡が崩れ、誰の目から見ても不公平な現状となっている。そこで、政の要諦である公平さを復元しようとの政治的な力学が生まれ、結果的に「須崎家の再興が早まるのではないか」と右京大夫は読んでいるらしい。

「なるほどな、それは一理ある」

確かに、今のままでは、安房守嫌いの家斉公がおられる限り、須崎家の再興はなかなか望めないだろう。槙之輔としては無念だし、屈辱的だとも思うが、ここはそれこそ隠忍自重の精神を発揮、先に城島家を再興させるというのも、あながち「無くはないのかな」と思うわけだ。要は「名より実を取る」ということではないのか。

「ただ御老中は、当家の反発を案じておられます。槙之輔様や重臣たちは兎も角、下士たちの中から、城島家再興に異議を唱え、それを行動に移す者がでたりしますれば、それはとりもなおさず御政道批判と受け取られかねず……」

「その時点で、我が家の再興の目はなくなる、と」

「御意ッ」

必死に頷く仙衛門に対し、見れば源蔵は腕を組み、目を瞑っている。

(どうした源蔵、不満か?)

腕を組むのは「拒絶する心情の表出」とも受けとれる。なにせ源蔵は単細胞の兵法者だ。気分がすぐ態度にあらわれる。

「おい源蔵、なにかあるのか?」

「いえ、『難しい問題であるな』と、悩ましく考えておりました」

「どう難しい?」

畳みかけながら、源蔵の目を覗きこんだ。豪傑が少し目線を逸らした。

（おいおい、目を逸らしたぞ……こやつ、相当反発しておるなァ）

「されば、御家再興は旧家臣たちの悲願なれど、やはり御仇城島家の再興を見せつけられては……そのような無理無体を目の当たりにすれば、心中穏やかではおられませぬ」

この意見に元家老が噛みついた。

「源蔵、それは誰も同じじゃ！　本来非があるのは城島側なのだからな。それが当家に先んじての再興など、あり得ない話じゃ。しかし、誰から見ても無理無体であればあるほど、我が須崎家に同情が集まるというものではないのか？」

「ご、御家老は、世間の憐みに期待せよと仰せですか！　須崎藩士は物乞いでは御座いませんぞ！」

「だ、誰もそんなことは言っておらん！」

元家老は元剣術指南役を怒鳴りつけ、その後押し黙ってしまった。少し震えている。大仰さに加え、こういう胆が据わっていない所が、仙衛門の難点である。

（つまり源蔵は「実より名を選びたい」と申しておるわけだ……源蔵は猟人には向かんな。山の暮らしは実あるのみだ。といって、気の弱い仙衛門にも、山暮

らしは到底無理だが……や、家臣の足らざる所を嘆いても始まらない。要は、俺がどう使うか。俺の器量の問題なのだから)

「源蔵が心中穏やかでないのは別段構わぬさ。それを表に出さねばよいのだが、お前にできるか?」

「手前は自重致します。されど、暴発する者もいるかと思われます」

「それはお前の想像か? それとも具体的に名が浮かぶのか?」

瞑目し黙って聞いていた仙衛門が、ここで唐突に口を開いた。

「槙之輔様、実は血盟を結び、徒党を組む輩がすでにおりまする」

「ほう、では仙衛門に訊こう。なにの血盟か?」

「亡き殿の仇討ちの血盟に御座います」

「馬鹿な! 父の仇は城島勘解由であり、奴はすでに自裁して果てた」

「いえ」

今度は源蔵が割って入る。

「もし、不当にも城島家が須崎家に先んじて再興された場合、城島家当主富士之丞を仇と見なしまするる」

「源蔵、お前もその一味か?」

「いえ、誓って加盟はしておりませぬ。ただ、心情的には分らぬでもない。それも武士道だとは思いまする」

「もし俺の下知が、お前の武士道に反する場合、お前はどちらを選ぶ?」

「槙之輔様の下知に従うことが、我が武士道に御座います」

「よく申した。その言葉、忘れぬぞ」

「はッ」

「で、血盟の中心人物は、誰と誰だ?」

仙衛門が名を挙げた首謀者は、元使番の黒岩子太郎以下五名。彼らはいずれも生活困窮者であった。他藩への仕官が叶った者、農民や商人への転職が成功した者の名は皆無である。

(黒岩子太郎か……苦手だなァ)

早世した弟の近習だった男だ。古い血統を鼻にかける厭味な輩で、槙之輔の生母が卑賤の出自であることから、槙之輔をも軽んじる風があった。さらには相当な美男である。それこそ、ぬめりとした優男——

(ふん、奴は家臣の分際で、こともあろうに、綾乃に色目を使っておったのだ。俺は知ってるぞ。当の綾乃も、奴のことを嫌っていたのだ。虫酸が走ると言って

おったわ。美貌を鼻にかける嫌な男だ）

大方、食い詰め浪人が集って酒を酌み、生活の憂さを嘆くうち、士魂やら忠義やらに話が膨らんだのだ。現実の裏付けのない大義に酔い「亡き主君の無念をはらす」「上様の依怙贔屓による御政道の歪みを正す」との甘美な台詞に意気投合したに相違ない。

ただ、生活困窮者であってみれば、娑婆への未練は少ない連中ともいえる。彼らは危険な存在だ。自暴自棄になった人間は、どう暴発するか分からない。なにせ失うものはなにもないのだから。

「俺は、その五名宛てに、自重を促し、気持ちを宥めるような書状を書く」

（ま、黒岩が、俺の手紙にほだされるわけもないか……）

「例え無駄でも、心をこめて書く。仙衛門は、他家への仕官とまでは言わぬが、その五名の暮らしが立つよう動いてみてくれ」

「御意ッ」

結局のところは「銭だろう」と槙之輔の心は告げていた。

銭があって腹一杯に食えば、少しでも美味いものを食いたくなる。美味いものを食えば、明日もまた食いたいと考える。明日も美味いものを食うためには生きておらねばならない。蓋し、銭があればなかなか自暴自棄にはならない。

「……では御座いますまいか？」

「ん？　済まぬ。今一度言ってくれないか」

考えごとをしていて、仙衛門の言葉を聞きそびれた。こういう失敗が昨今多い。御預人暮らしが長引き、独り沈思黙考する癖がついた。自分一人の世界に沈み込んでしまうことが多いのだ。

「ですから、槙之輔様のお手紙に動かされず、手前が職を周旋しても考えを変えぬ場合、如何致しましょうか？」

たった一人でも、そして例え本懐を遂げられなくとも、旧須崎藩士が、城島家に向かって刀を抜けば――幕府御処置への不満表明と受け取られるから――その時点で須崎家再興の目は完全に消えるだろう。なんとしても刀を抜かせてはならない。

「源蔵、お前、黒岩たちの気持ちが分かると申しておったのう」

「御意ッ」

「ならば、黒岩の仲間に入れ。もし奴等が暴走しそうになったら、腕ずくでも止めよ」

「て、手前に『間者(かんじゃ)になれ』との仰せに御座いますか！」

熱血漢が、色を成して目をむいた。

「俺の下知をきくのが、お前の武士道ではないのか？」

「……ぎ、御意ッ」

源蔵はなにかを言い返そうとしたようだが、思慮が勝って言葉を飲みこみ、槙之輔に平伏した。

その傍らでは仙衛門が、槙之輔と源蔵の激しい口論を目の当たりにして、オロオロしている。繰り返すが仙衛門、少し気が弱い。

（この二人に任せきりにしておくわけにはいくまい。俺自身が動かねば、御家再興は到底無理だ）

「ま、源蔵、そう臍(へそ)を曲げるな……」

気まずく押し黙ってしまった二人の家臣——就中(なかんずく)、佐々木源蔵をこのまま帰してはならない。次回対面するのは半年後かも知れず、その間ズッと槙之輔への悪感情を抱かせたままでは如何にもまずい。ここは一つ、自分の方から歩み寄っておくべきと考えた。

「俺も、お前も、黒岩も、元は須崎家で同じ釜の飯を食った仲ではないか。若い黒岩らが短慮を起こし、元も子もなくならぬよう、思慮深いお前が監督し、指導せよと申しておるだけだ。分かってくれ」

「御意ッ」

一瞬、二人の家臣の表情が緩んだ。元主人の方から折れてきたので、ホッとしたようだ。

（これでいい。殿様は『威張らず、なめられず』か……ま、大丈夫だろう）

ちなみに、黒岩と源蔵は今年の正月で二十になった。槙之輔より、五歳ほども年嵩なのである。

（三）

「あ、そうか……つまり槙之輔様は、老成されておられるのですなァ」

西ノ館の厨で、庭で獲ったウサギをさばいているとき、岡村幸太夫が思いついたように、ボソッと呟いた。

「老成？　俺はまだ二十五だぞ」

「いいや、確かに老成しておられる。ま、〝爺むさい〟とも申せましょうが、ワハハハハハ」

（じ、爺むさいとはなにか！　幸太夫の奴、不躾に過ぎる。『親しき仲にも礼儀あり』と申すではないか。これでも俺は、世が世なれば、一万八千石の跡取りなのだぞ！）

　と、心中では吼えても、例によって面には出さない。

「ハハハ、爺むさいか……酷い言い様だなァ」

　これが元家臣相手であれば、増長せぬようピシャリとやりこめてやるのだが、幸太夫相手では、どうも勝手が違う。矛先が鈍る。遠慮がある。

実は槙之輔、幸太夫に大きな借りがあるのだ。

月に一度、外出するのを見逃してもらっている。

幾ら広いとはいえ、下屋敷から一歩も出ずに閉じこもっていると気鬱になりそうで辛い。それでも槙之輔は、まだ我慢ができるのだ。問題は女三人——分けても加代は、かなり不満を溜め込んでいる。義母が槙之輔に酷く当たる原因の過半は屋敷からでられぬことへの憤懣だ。で、同情——心配した幸太夫が、月に一日だけ、亡父の月命日の日に限り、浅草御米蔵傍の浄念寺にある須崎家墓所への参拝を許してくれている。父の祥月命日は六月十八日だから、毎月十八日、槙之輔とその家族は、半日だけ自由の身になれるのだ。

墓参の後は、女衆とは別行動となる。別段、何処に行くというわけでもない。

無論、悪所などには近寄らない。下男の弥五郎一人を供に連れ、菅笠を目深にかぶり、羽織袴に二刀を佩び――下級旗本の忍び風にして只管歩くだけ。千代田城を一周してきたり、王子権現を往復したり。両国橋の上でなにもせずに、ただ通行人を眺めていたこともある。槙之輔は下戸なので、酒屋には寄らない。弥五郎と茶店で団子を食い、屋台の蕎麦をすすって楽しむ。大満足し、夕方になれば、陽のある内に屋敷へと戻る――それだけ。

ただ、槙之輔は幕府からの御預人、謂わば罪人だ。表沙汰になれば、鴻上藩は監督責任を問われかねない。幸太夫、かなり危ない橋を渡ってくれているのだ。

「かならず暮れ六つ（午後六時頃）までには戻って下され。暮れ六つ過ぎてお戻りがなかった場合、手前は腹を切るしか御座いませんので、ワハハハハハ」

「……………」

槙之輔が幸太夫に頭が上がらない所以である。

――話が逸れた。

「俺のどんなところが、爺むさい？」

「や、決して悪い意味では御座いません。胆が据わっておられると申しましょうか、若衆独特の危なっかしさが微塵(みじん)も感じられない。だから手前は、貴方様が老成しておられると……エイッ」

ドンッ！

ウサギの骨は硬い。出刃包丁(でばぼうちょう)で肉と一緒に、ドカドカと叩き切りながら、幸太夫は槙之輔を分析してみせた。

「ほう、そう見えるか？」

「はい、見えまする……エイッ」

ドンッ！

（そういうことなら、別に構わんだろう）

幸太夫の寸評を聞いて安堵(あんど)した。常日頃より、自分自身でも感じている本質的に嫌な部分——裏表がある。面と腹が違う——を看破(かんぱ)されたのでなくてよかった。

確かに槙之輔は、豪放磊落(ごうほうらいらく)、天真爛漫(てんしんらんまん)な快男児とは言い難い。卑怯さや残虐(ざんぎゃく)さこそないものの、自分を投影するのか、相手の言葉や態度をどうしても額面通りには信用できないところがある。猜疑心(さいぎしん)が強すぎるのかもしれない。

（ま、そこのところだけ、周囲に気付かれなければ、それでいい）

誰も猜疑心の強い主人に仕えたいとは思わないだろう。もし将来、須崎家再興が成ったときのことを思えば、己が〝こじれた本質〟は隠し通した方がいい。

本日のウサギは、東の丘で獲った。庭で獲れるのは耳が長い野ウサギである。巣穴を持たず、夜行性なので、早朝藪(やぶ)の奥へと隠れる前に、獣道でまちかまえて撃つ。

ウサギの皮剝ぎ(かわは)は実に容易だ。後肢(あとあし)に切れ目を入れて強く引けば、クルリと皮は剝ける。まだ温かみが残るうちに内臓(はら)を出し、逆さに吊るしておけばきれいに血が抜け、格段に味がよくなる。

ただし、そうしてウサギやら野鳥やらの死体を無闇に吊るしておくので、義母は勿論、義妹も老女も、厨には一切近づかなくなった。

仕方がないので家族の分の食事は男手でつくる。飯だけは下男の弥五郎に炊(た)かせ、菜(さい)や汁は槙之輔がつくるのだ。苦にはならない。料理は、狩猟とともに槙之輔の道楽なのだから。

胆が据わり、危なっかしさがなく、狩猟と料理が道楽――さらには、決して他人に本音を見せない猜疑心の強さ――それらの基礎は「すべて十二歳までに形成された」と自分では思っている。

十二歳まで、槙之輔は父の子であって、父の子ではなかったのだ。

二十五年前、参勤交代で御国入りした若き日の須崎安房守は、領国の山で巻狩りを楽しんだ。その折、猟師の娘が案内役を務めたのだが、それが槙之輔の母であったわけ。

殿様のお手がついた娘は懐妊、藩の重臣・佐竹兵部に養女として引き取られ、彼の屋敷で槙之輔を産んだ。母は出産後すぐに亡くなったので、槙之輔は八歳まで、もう七十に近い兵部夫妻を両親だと信じて育つことになる。

ただ時折「山爺」と呼ばれる黒い熊皮の袖無しを着た老人が、屋敷を訪れることがあった。彼は山中に独り棲む腕のいい猟師で、槙之輔に山暮らしや猟の話を語ってきかせてくれた。少年はクマやイノシシ相手の冒険譚に心を躍らせたものである。

六歳になると、兵部の許しを得て山に登り、山爺の家に長く逗留する機会が増えた。山爺は、渓流魚の釣り方、火縄銃の撃ち方、イノシシやクマと戦うときの心構えなどを、懇切丁寧に教えてくれた。

単独でクマを獲ったのはわずか十歳のときだ。山爺とはぐれ、山中を一人彷徨（さまよ）っていたときに遭遇（そうぐう）した二十貫（七十五キロ）ほどの成獣であった。小さくもないが、巨熊というほどでもない。山爺に言われた通り、十間（十八メートル）の距離までにじり寄る。月の輪めがけて六匁（もんめ）（約二十二グラム）の弾丸をドカンと放ち、反動で後方にひっくり返った。胸に弾を受けたクマもドウッと倒れたが、すぐに起きあがり、口から大量の血を吐きながら、もの凄い形相（ぎょうそう）で突っ込んできた。

火縄銃に再充塡（さいじゅうてん）する余裕はない。銃を棄（す）て、次は手槍で戦うのだ。

「槙之輔様、クマは腹で獲りまする。冷静にさえなれば、鉄砲と槍がある限り、ヒトの方がクマよりかならず強い」

山爺の言葉を思い出し、槙之輔は己が恐れを封印した。子供心に「屋敷に戻ってから、ゆっくり恐がればよい。今は冷静に、冷静に」と思い成し、これまた山爺の教えに従い、太い楓の幹の後方に身を隠し手槍を構えた。

藪を走るときのクマの脚力は相当なものだ。突進されて、そのまま抱きつかれ、地面に押し倒されるのが最悪。顔や首を牙（きば）と爪で攻撃され、反撃もままならなくなる。その点、立ち木を盾にとれば、クマの突進をそのまま受けることは防げるわけだ。

楓の向こう側で、クマが苦しそうに咳き込むのが聞こえる。血が喉を塞ぐのだろう。

(俺の弾は効いている……かならず、勝てる)

と、もう一度自分に言い聞かせた。

一瞬、苦悶する獣の気配が静まった。

(くる！　右か？　左か？)

瀕死のクマは最後の気力を振り絞り、楓の木を回り込み、この物騒な子供を抱えこもうと鋭く湾曲した鉤爪を伸ばしてきた。

間一髪、反対側に逃げながら手槍を太い首に突き刺してやる。

グエッ！

喉を刺しぬかれたクマは、楓を回りきれずそのままドウッと倒れた。反動で手槍が槙之輔の手からもぎ取られる。そのまま後も見ずに楓に飛びつき、一間半ばかり機敏によじ登った。

クマは木登り上手だが、銃弾を胸に受け、今また槍で喉を突かれている。容易には登ってこれまい。もし登って来ても、上からの方が迎撃しやすいだろう。太い枝に跨り、第三の武器である脇差を抜いて下界を窺った。

クマは楓の根方に倒れていた。が、まだ死んではいない。呻きながら前足で盛んに喉に刺さった槍を抜こうとしている。唸る毎に、口から滝のように鮮血が流れだした。

槍は不思議な武器で、刺し貫くときにはまったく力が要らない。豆腐に針を刺すように、スッと穂先が体の奥にまで達する。しかし、一旦刺さり、しばらくすると今度はなかなか抜けなくなる。筋肉が収縮し、鎗を押し包んで、抵抗を増すからであろうか。クマの喉に刺さった槍も抜ける様子はなかった。次第にクマは弱っていった。

四半刻（三十分）ほどでクマは目を開けたまま動かなくなった。被毛が寝たせいか、体が一回り小さくなったようにも感じる。多分もう死んでいるとは思ったが、それ以降も半刻（一時間）近く、慎重な槙之輔は木から降りなかった。山の斜面を吹き渡る風の音を聞きながら、色々と考えた。

（このこと、山爺には……勿論、佐竹の父母にも黙っていよう。子供一人でクマを獲って、本来大手柄なのだが、褒められるより叱られそうだ。や、叱られるのはまだいい。それより、今後山に行かせて貰えなくなるのが辛い）

枝を切り、顔に投げつけてもクマは動かない。もう、大丈夫。漸く安心して楓の木を降りた。

蝉しぐれの中を兵部に連れられ、初めて須崎陣屋へ行ったのは十二歳の夏だ。父は江戸参勤中で不在だったが、国家老以下が慇懃に迎えてくれた。挨拶だけは丁寧にしてくれるのだが、皆どこかよそよそしい。

(やはり、俺の出自が賤しいからだろうなァ……こいつら、猟師の孫に平伏するのが面白くないのだ)

その頃にはもう、自分が誰と誰の間にできた子であるのか聞かされていたし、山爺が母方の祖父であることにも気付いていた。藩の世子である兄が病死し、男子は槙之輔と、二歳年下である腹違いの弟の二人だけになってしまった。よって槙之輔は、正式に須崎安房守の息子として幕府に届けが出され、以降は江戸藩邸で暮らすことになるという。

中山道を江戸へと向かう駕籠の中は蒸し風呂のようであった。付き従う家老に駕籠の引き戸を「開けてもよいか」と訊ねたのだが「御辛抱を」と禁じられてしまった。せめて小窓だけでも開けさせて欲しい旨懇願すると、漸くそれだけは許された。

（糞ッ、猟師の孫でも暑いものは暑いのだ。そもそも、兄上が死んで、初めて俺が息子になるのか……では、兄が死ななければ、俺は父の子ではないのか？）

暑さと待遇への不満ばかりが募る道中であった。

外神田の上屋敷で面会した父の態度も、槇之輔が想像した通りであった。不機嫌そうに二、三度頷いただけ。後は初めて会った伜に興味をしめさず、槇之輔は平伏した後、早々と父の居間を退去したものだ。

（ま、こんなものだろう。父と言っても、共に暮らしたこともない。所詮は他人なのだ。クマは山の中で孤独な一人暮らしだ。俺も、それでいい）

と、諦観したのだが――数日後、槇之輔は父の本音を知ることになる。

部屋で本を読んでいたとき、廊下に足音がして、障子の陰から父が顔をのぞかせた。「少し、庭を歩こう」という。

供も連れずに、よく手入れされた広い回遊式庭園を池の畔に沿って歩いた。

「そなた、クマを撃つそうじゃのう。今までに幾頭獲った？」

「五頭に御座います」

――本当は六頭だ。初手柄の一頭は秘密にしたから、数に入っていない。

「巻狩りを嫌い、単独での忍び猟を好むと聞くが、そうか？」

「はい」

「なぜ、巻狩りを嫌う？」

「勢子に追い出させ、皆で取り囲んで撃つ……巻狩りは卑怯な猟法です。その点、忍び猟は一対一。しくじれば某の方がクマの餌になりまする。五分と五分の生死を賭けた戦いに魅かれます」

「なるほど……」

そう言って父は、また池の畔を歩きはじめた。槙之輔も黙ってついていく。池の北側に小高い築山があり、その頂上には庭全体を見晴らす東屋が設えてあった。父は縁台に腰かけ、傍らに槙之輔を座らせた。

「な、槙之輔」

「……」

父から初めて名前で呼ばれた。決して不快ではなかった。

「そなた、家中の者の態度を気にしておるのではないか？　己が出自を馬鹿にされたと憤慨しておるのではないか？」

「……」

図星であるが、返事のしようもない。

「お前は、頭抜けて胆力がある。頭もよいし腕も立つ……なにせ童の頃から独りでクマやイノシシと渡り合ってきたのだからな。そして負けたことがない」

——当然である。一度でも負ければこの場にはいない。

「皆がよそよそしいのは、決してお前を蔑んでいるのではないぞ。寧ろ腰が引けておるのさ。十二歳にしてクマを一人で倒すお前が、怖いのよ」

「……」

「お前は大名の倅だ。この家を継ぐかどうかは別にしても、いずれ人の上に立つ日がくるだろう。そのとき、上の者があまりに傑物だと『家臣は居心地悪く感じるもの』とよく覚えておけ」

例え家臣が手柄をたてても、主君から「俺ならもっと出来る」というような顔をされると、反発するか萎縮するか——いずれにせよ、その家臣は使い物にならなくなる。

「殿様はな。馬鹿ではないが、出来すぎない……『威張らず、なめられず』そのくらいが丁度よいのさ」

父は、巻狩りを嫌い、単独猟を好む槙之輔の趣向にも注意を喚起した。

「もしお前が、戦国の世に生まれた一騎駆けの槍武者であったなら、その腕と度胸で十万石の太守になれたやも知れぬ。しかし、今は太平の世じゃ。己が実力に頼り過ぎると、家臣はついてはこないぞ。巻狩りが卑怯なぞと嫌わずに、今後は『人を使い、人を生かす君主の知恵』を学ぶように致せ、分かるな？」

「はい」

半分ほどは理解した。半分はよく分からない。

「この庭はどうじゃ。見事であろう？」

築山の頂上から、大きな古池を中心に据えた、回遊式庭園が望まれた。

「御意ッ」

「松の枝ぶりを考え一本一本を剪定するのが植木職。その松を含めた庭全体の配置を考えるのが庭師じゃ。今のお前は腕のいい植木職人にすぎん。今後は庭師を目指すように致せ、よいな」

「……………」

話の具体的な内容よりも、父が自分に期待してくれていることが伝わり、叫びだしたいくらいに嬉しかった。

初の対面のおり、そっけない態度しか示してくれなかった父の真意が、そのときになって漸く理解できた。多分、槙之輔のことは江戸藩邸内で過大に喧伝――

例えば、クマを素手で絞め殺した、とか、金太郎の再来とか——されていたのだろう。まだ見ぬ御曹司（おんぞうし）を怖れ萎縮する家内の風潮に鑑（かんが）み、あえてああいう態度をとったのではあるまいか。

——ことほど左様に、二十五歳の現在まで、色々と奇異な体験をしてきた。

もし槙之輔が「老成している」というのが本当なら、その過半は、須崎の山奥と、江戸の大名屋敷で培（つちか）われたものと思われる。人は暦（こよみ）に従って成長するわけではない。多くの体験と学習の積み重ねが、人を鍛え、成長させるのだ。

「で、如何します？　腸（はらわた）も入れますか？」

と、団栗眼の幸太夫が訊ねた。その手には血塗（ちまみ）れの長い長いウサギの小腸が握られている。

ウサギの煮込み料理に小腸を入れるのは王道だが、やはり野性の臭いが強くなるので、あまり槙之輔の趣向にはあわない。しかし、質より量を重視する幸太夫にすれば長大な小腸を入れたくて仕方ないようだ。

「入れてもいいが、中のものをよく洗ってくれよ」

「かしこまりましたァ」

と、嬉々として、小腸をブツ切りにし始めた。

「こ、これ、なぜ洗わぬ?」

「や、洗いますよ。最後にザッと」

「ザッと?」

本来ならブツに切る前に、腸を縦に開き、内容物を出して洗うべきだ。丁寧な料理人なら、流水に半日さらして臭みを抜くほどだ。それを「あとでザッと洗う」だけだという――もうこの時点で、槙之輔はゲンナリしてしまった。

(幸太夫のは料理ではない。餌だ。餌作りだ。折角俺が獲ったウサギなのに)

癇癪が起きかけていた。しかし、ここは我慢せねばならない。辛抱たまらず手や足が出ては、今後が暮らし辛くなる。

なにか辛辣な皮肉を浴びせて、この味音痴の精神を粉砕し、もって己が留飲を下げるのだ。なにか、こう、強烈な――

「つまり幸太夫、お前はアレだな……味など、どうでもよいのだ。要は、肉の量が多ければそれでいい、どうせなら、猫や犬の肉でも食ったらどうだ?」

「猫? 犬? 食えるのなら食いますよ。肉の量こそが肝要です。手前はどこまでも質より量で御座るよ、アハハハハハ」

「……」

駄目だ。槙之輔なりに精一杯の皮肉を込めたつもりだったが、幸太夫にはまったく通じない。なにせ、精神の構造が違うのだから。

（四）

とある秋晴れの日、佐々木源蔵が一人で槙之輔を訪ねてきた。

一昨日、黒岩子太郎以下五人の過激思想の持ち主に、軽挙妄動（けいきよもうどう）は慎（つつし）むよう手紙を書き送ったばかりである。彼らの反応が気になる。挨拶を交わす間ももどかしく、源蔵に「どうだった？」と聞きただした。

「や、さすがに皆、直々にお手紙を頂いて感激、『必ず自重致します』と確約しまして御座います」

「そうか……黒岩もか？」

「はい、子太郎めも同意に御座います」

（意外に素直ではないか）

以前はもう少し傲岸不遜（ごうがんふそん）な印象だったのだが――改易以来もう五年も顔を見て

いないから、存外苦労が身につき、こなれた性格になっているのかも知れない。

「ただ……」

「ただ？」

「本間様の方で若干の不手際が御座いまして、いささか揉めました」

「どう揉めた？」

「本間様は、五人に一両ずつを手渡し『これで機嫌を直せ』と仰ったのです」

「……」

一挙に脱力した。本間仙衛門、最悪である。

「それを聞いた五人は……」

「まて、その先は俺が言ってやる。『施しは受けぬ』『機嫌を直せとは何事か』と激昂、仙衛門は小判を突き返された。元御家老はオロオロと周章狼狽するばかり……違うか？」

「ど、どうしてお分かりに？」

「黄表紙や読本にありがちな展開だ、誰でも分かる」

一両という微妙な金額、「機嫌を直せ」との言葉——大の大人を、すねる子供のように扱っている。義士気取りの黒岩らが激昂するはずだ。

かつて父からは「自ら動くな、家臣を使え。人を動かせ」と教えられたものだが、家臣に任せた結果がこれだ。寧ろ、自分でやればよかった。

(俺なら、まず奴等の忠義心を誉め、持ち上げる。「泉下の父も喜ぶだろう」と泣きまねの一つぐらいするわ。一旦気持ちよくさせた上で、後は利と理をもって諭すのだ……常道だろう)

仙衛門は、元須崎藩序列第二位の大幹部だ。元藩士と対すると今も上意下達が当たり前と思ってしまうのかもしれない。元下僚と見下し、黒岩らへの振る舞いが粗雑になったものと思われる。

(もう少しアレコレと詳細に、具体的に下知するべきであった……や、それでは俺自身がやるのと変わりないか)

気づかぬ内に、源蔵を睨みつけており、彼は目線を畳に落としてしまった。

(ま、工夫して使っていくしかない。なにせ俺には、仙衛門とコヤツしか手駒はないのだから)

「実はその後、手前は黒岩と呑んだのです」

「ほう」

(恐らく源蔵は、臍を曲げた黒岩の機嫌をなおそうと、飲みたくもない酒を呑ん

でくれたのだ。相済まぬことだ）

「酒代はそなたが出したのか？」

「ま、いきがかり上」

（……酒代は後で清算しよう。今月は俺もきついが、源蔵のことだ、高い店には行っておるまい）

「で、黒岩はどうだった？」

「されば……」

二人は盃をかさねるうち一定の結論に達したという。

「ほう、どんな？」

「義をするにも、志をたてるにも、先立つものは銭である、と」

「く、苦労をかけるなァ」

「いえ、奴も手前も、槙之輔様をお恨みする気持ちは御座いません。ただ……」

強かに酔った黒岩は――

「元家老だかなんだか知らぬが、本間仙衛門風情から、生活苦を見透かされ、わずか一両で『どうにでもなる』と高を括られたのが無念だ！」

と、号泣した由。

下戸の槙之輔に酔漢の心理は分からぬが、推察するに——黒岩は、本音の部分でその一両を喉から手が出るほどに欲したのではあるまいか。しかし、武士の矜持が勝って突き返した。でも今になって思うと「あの一両があれば」と惜しむ気持ちが湧き起こってくる——彼は、そんな自分を情けなく思い、号泣したのかも知れない。あまり好きな男ではないが、槙之輔は黒岩に同情していた。

「そこで槙之輔様に、お願いが御座います」

「……ぜ、銭ならないぞ」

「まさか、そのようなことでは御座いません」

（だろうな。俺に銭がないことは、源蔵も分かっておろう。下らぬ返答をした）

源蔵の来意は、銭の無心でこそなかったが、槙之輔への「無茶な依頼」であることにかわりはなかった。

「ど、道場破りだと？」

「御意ッ」

田町にある町道場錬義館森道場は「極めて内福」と言われている。

芝浜の海を見晴らす高台の一等地。建物の造りは大名屋敷のようだ。門弟には高級旗本の子弟や大藩の家臣も多く、活気に満ちている。道場破り成功の暁には謝礼（＝口止め料）もたんまり期待できるらしい。

（……勝てればな）

黒岩と源蔵は、ここを道場破りの——つまり銭儲けの——標的に定めたのだ。

「風聞によれば、師範代が多少使うのみで、それ以外は雑魚ばかりの由。手前と黒岩に、槙之輔様の加勢があれば楽勝かと、はい」

「俺は、駄目だよ」

「え、なぜに御座いますか？」

「俺は罪人……御預人だ。道場破りの片棒なぞ担げるわけがない」

「変装をし、偽名を使って頂きます」

「そもそも、この屋敷の外には出られん」

「十八日の慈篤院様の月命日には、毎月出歩いておられましょう？」

（ど、どうして源蔵がそれを知っているのだ？　糞ッ……幸太夫の馬鹿が喋ったのだな）

幸太夫の脇の甘さ、危機意識の薄さには、いつも閉口させられている。こんなことが人口に膾炙したら、幸太夫ばかりか伊勢守以下鴻上家全体が責を負わされる。それを分かっていてなぜ、アヤツはペラペラと余計なことを喋るのか。能天気に笑う幸太夫の間抜け面が脳裏に浮かんだ。

（ここは一度、幸太夫にきちんと言って聞かせて……駄目だ。奴になにを言っても効きはしない）

ま、蛙の面に小便であろう。

「な、源蔵……俺は、鉄砲と槍にはいささか自信がなくもない。しかし、剣の腕は〝並み〟だぞ」

「御謙遜を」

「謙遜なものか、正味な話だ」

「ある事情が御座いますれば、御懸念にはおよびませぬ」

本気の道場破りともなれば、双方防具や竹刀は使わない。木剣で立ち合う。まともに打ちすえられれば、肉は裂け、骨が砕けるのだ。

「ところが現在の町道場はどこも、防具をはめ、竹刀を使った〝打ち込み稽古〟が主流で御座います」

竹刀は安土桃山期、剣聖上泉伊勢守秀綱が考案したといわれる。

丸竹の柄の部分だけを残し、そこから先を縦に十六に分割、革袋をかぶせて使う〝袋竹刀〟と呼ばれるものであった。充分にしなやかで、叩かれればたいそう痛いが、所詮は痛いだけ——これにより稽古で大怪我をする心配はなくなった。

次いで正徳年間（一七一一〜一六）、直心陰流の山田光徳、長沼国郷父子が防具を開発する。

防具を着用し、袋竹刀で遠慮なく打突し合う「打ち込み稽古法」を取り入れ、現在の剣道の基本形がここに完成した。これなら痛くはないし、楽しいし——良いことづくめで、以降道場剣術の人気は隆盛の一途をたどる。

「今の剣法者は、竹刀剣法に馴れ、命がけの勝負をした覚えがない。無論、人を斬ったこともない。その点、貴方様なら……」

「俺も人を斬ったことなどないわ」

「でも、クマやイノシシなら、たんと殺したでしょう？」

「み、妙な言い方を致すな！」

確かに槙之輔は、十歳の頃からクマやイノシシと命がけの勝負を幾度となく繰り広げてきた。

「どちらも人より動きは俊敏、力は遠く人の及ぶところでは御座いません。そのような強敵を倒して来られた」

「ほとんどは鉄砲で仕留めたのだ」

「木刀での果たし合いは『殺るか、殺られるか』に御座います。要は実戦経験、真剣勝負の場数が勝敗を決しまする。戦国武者は剣術修行などせずとも強かった。竹刀剣法ならばいざ知らず。手前の見るところ、木刀や真剣で立ち合い、槇之輔様に勝てる者は、この江戸にはまずおりますまい」

（えらい、持ち上げようだな）

事実、希に弾丸を受けても死に切れぬ大物がおり、格闘にもなったが、その場合も多くの場合は手槍で仕留めたのだ。抜刀して闘ったことなど――なくはないが、一、二度あるかないか――そのていどだ。

（ま、源蔵は熟達の兵法者で、コヤツの目利きは確かだ。以前、上屋敷の道場で俺の剣筋を幾度か見ているはずだしな。真剣勝負なら、あるいは俺は存外強いのかも知れない）

槇之輔は、実際に獲物を目前にしたときの、己が体内で血が駆け巡るような興奮を思い出す。ところが自分は、興奮が高まれば高まるほど、心が静謐となり、冷静な判断が瞬時に下せるようになるのだ。

（俺の資質が戦いに向いているのは事実だ。それに、道場破りで幾何かの銭を手にすれば、黒岩たち急進派もしばらくは大人しくなるだろう。少なくとも今日明

日、城島富士之丞の首を獲りに行くことはすまい……ここは一番、源蔵に手を貸すこととするか）

源蔵に頷こうとした刹那――庭のかなたから、野良で働く幸太夫たちの長閑な笑い声が低く流れてきた。

「……」

「槙之輔様、如何されました？」

（や、駄目だ。冷静になれ槙之輔。忘れるな、俺は御預人なのだぞ……）

源蔵は、偽名に変装で立ち合えばいいというが、顔は隠せない。街を歩くときには菅笠を目深にかぶっているからまだいいのだ。しかし、道場に入れば笠は外さねばなるまい。もし槙之輔の顔を見知っている者がいれば、偉いことになる。御預人が道場破りの片棒を担ぐなど前代未聞の不祥事だ。世話になっている幸太夫や鴻上家に大きな迷惑をかけることになる。

「やはり、やめておく。無理だ。できん」

「え……」

源蔵、あからさまに落胆の色をあらわした。

「俺は駄目だが、代わりに弥五郎を使え。奴の腕はお前も知っておろう？」

弥五郎は今でこそ下男を務めているが、元は武士だ。

長谷川という苗字をもつ須崎藩の足軽であった。槙之輔が藩の継嗣として小石川の中屋敷にすんでいた頃、中間と小者を五名ほど率い、裏門の警護を担当していた。

足軽は最下層の武士である。武家奉公人である中間より身分は上で、名字帯刀が許されていた。が、士分と言えるかは微妙。藩によってもあつかいが異なる。譜代であるか、一代限りのお雇いであるか、によっても区別された。

弥五郎の長谷川家は、代々須崎藩に仕える譜代の家でもあり、改易前は「須崎藩士であった」という態で話を進めることにしよう。

弥五郎は風采のあがらない小男だが、きわめて有能であった。

裏門の門番たちの動きに無駄がなく、統制がよくとれていたことから、槙之輔は差配役である彼を召し出してみたのだ。

庭先に控えた弥五郎と言葉を交わすと、なかなか賢く、物堅い性格が気に入った。さらに幾度か雑用をやらせてみたのだが、そつなくこなすし、手柄を誇る様子もみせない。いよいよ気に入り、徒士に取り立てようとした矢先に、藩自体が改易になってしまったのだ。

幕命では、御預人の槙之輔が武士を奉公人とすることは禁じられていたから、弥五郎に因果をふくめて武士を棄てさせた。今は下男として槙之輔の暮らしを支えてくれている。

もし将来、須崎家再興が成就したなら、槙之輔は弥五郎に出来る限り報いたいと思っている。徒士はおろか、上士である奥小姓に抜擢し、側近として遇するつもりだ。主君の不遇な時代を下男として支えた忠臣——どこからも異議は出ないはずである。

で、その弥五郎は、須崎藩有数の、剣の使い手でもあった。

江戸後期、武士階級の最下層から傑出した剣豪が数多排出された。江戸の男谷精一郎しかり、薩摩の中村半次郎しかり、近藤勇以下の新選組しかり、土佐の岡田以蔵しかり。足軽、郷士、浪人は、侍とは呼べないほどの賤しい身分である。

彼らは、己が武士としての矜持を保つべく、妥協を排した厳しい稽古にうち込んだのではあるまいか。その者に資質があれば、確実に伸びる。

弥五郎が強くなったのも、恐らくは同じ理由からであろう。

ところがそのことで、源蔵が異論を唱え始めた。

「しかし弥五郎は……足軽に御座いましたゆえ、黒岩が嫌がりましょうなァ」

「今は、俺もお前も黒岩も、身分は浪人だ。浪人が集って道場破りをするのに、上士も下士もあるまい」

「や、ごもっとも。正論では御座いますが……黒岩がなんと申しましょうか」

「……」

最前、いささかでも黒岩に同情した己が不明を恥じた。五年の浪人暮らしで、少しは「苦労が身についたか」とも思ったのだが、本質はまったく変わっていないようだ。昔の肩書や身分に執着（しゅうちゃく）し、己が現実から目を背けている。そんな愚か者に大事を託せるわけがない。

（やはり俺は、奴とは合わんな）

と、心中で苦虫をかみつぶした。

（五）

翌日、源蔵に連れられて渦中（かちゅう）の黒岩が下屋敷を訪れた。

「槙之輔様には御機嫌麗しゅう。黒岩子太郎、恐悦至極に存じまする」

「おお、久しいのう。五年ぶりか」

平伏した黒岩に、出来るだけ嬉しそうに声をかけた。

黒岩、相変わらずの美男だ。月代を剃ったあとが、青々と生々しい。日頃はあまり剃らないのだが、本日は元若殿様に会うということで、今朝剃ったばかりなのだろう。槙之輔、源蔵、廊下に控えた弥五郎が皆黒々と日に焼けているのに較べ、肌が女のように白い。あまり健康的な印象とは言い難い。

「先日は、御丁寧なお手紙を頂戴しました。感激致しました」

「や、若輩の俺などが差し出がましいとは思ったのだが、やはり今は大事なときなのでな、色々と自重してもらえると有難い」

「はッ。胆に銘じまする」

(ここまでは問題なさそうだ。ま、ようやく分別がついてきたということかも知れないが……ただ、そうすると「城島富士之丞、討つべし」との血盟を結んだことの説明がつかなくなるな……黒岩子太郎、お前、どちらの顔が本物だ?)

判じかね、例によって相手の目を覗きこんだ。

元主から見つめられても黒岩は視線を外さない。一瞬、五年前と変わらぬ傲岸不遜な態度が垣間見えた。睨み合うかたちとなり火花が散る。「これはまずい」

と、槙之輔の方から先に視線を逸らした。元臣下として、不遜といえば不遜な振る舞いであろう。

(元主から睨みつけられて目線を逸らすのは、幾分やましい気持ちがある証だが、目を逸らさずに睨み返してきた黒岩は性質が悪い。俺に対し忠誠心など微塵も持っておらんということだ。こやつ、油断は禁物だな)

「決行は十月十八日と致します。まだしばらく猶予が御座いますので、明日から手前と黒岩は毎日こちらへ伺い、槙之輔様の御前にて、剣術の稽古を致したく思います」

「稽古？　いまさらどう鍛える？」

「勿論、二ヶ月で腕を上げようとまでは申しません。ただ己が技量を十全にだせるよう、前もって体をほぐしておこうと思います」

「なるほど、大切なことだろうな。で、源蔵……黒岩には、俺が助太刀できぬ旨伝えたのか？」

「御意ッ」

「黒岩、そのような仕儀でな。相済まぬが、今回は我が名代として、この長谷川弥五郎をだな……」

「お待ちくだされ」

黒岩が槙之輔の言葉を遮った。やはり不遜な男だ。

「弥五郎は足軽の出に御座いまする」

言われた弥五郎、端座したまま視線を廊下に落とした。

「それで？　お前、足軽が嫌いか？　元はお前と同じ須崎藩士だぞ」

「手前の好き嫌いから申しているわけでは御座いません。果たし合いに足軽風情を使わねばならぬほど須崎家には人がおらぬ……そう世間に喧伝するようなものでは御座いますまいか」

「負ければな。お前等が勝てば、相手は『足軽風情に負けた』と言われたくないので、誰にも口外はせんだろうよ。世間に喧伝される心配はない」

ここで弥五郎が平伏し、黙って立ち去った。一瞬「構わぬ、そこにおれ」と命じようかとも思ったが、ま、当人がいない方が双方とも話しやすいだろう。

「御明察！　仰る通りに御座る」

と、傍らで源蔵が大声をあげた。しかし、黒岩は引き下がろうとしない。

「されば、こう申しましょう。旧須崎藩士たちの士気にかかわりまする。多くの旧藩士は『俺がいるのになぜ、足軽風情を』と悔しい思いを致し、ひいては主家への忠義心に陰がさす恐れも、これあり」

足軽風情、足軽風情と繰り返されて癇癪がおきかかった。腹のなかで「そういうお前は、なにほどの者か！」と吼えた。

（この手の輩は、議論で無理に押さえ込んでも根にもつだけだろう。足軽蔑視は理屈ではなく、黒岩の主義主張だからだ。彼自身が納得して思想を変えるように仕向けねばならんが……さて、どうするか、難しい）

「黒岩、お前の懸念よく分かった。さればこうしてはどうか？」

明日からこの下屋敷で、源蔵、黒岩、弥五郎の三名が集い稽古をする。稽古には槙之輔も参加する。稽古をすれば腕の優劣が明確になるから、その上で、誰を本番で使うのかを決めればよい。

結論を先送りする提案となったが、稽古を通して、弥五郎の腕前、聡明さ、人柄に接すれば——つまり、現実に触れれば、黒岩の主義主張も軟化（なんか）するかもしれない。

「まさか黒岩、そこまで申しておいて、お前が、足軽風情に不覚をとる……そのようなことは断じてあるまいな」

「御意ッ」

と、太々しい態度で平伏した。最後まで不快な奴だ。

翌日から四人は、深川下屋敷の庭を使い厳しい稽古を始めた。日頃より、下屋敷の原野を駆けまわっており「体は動く」と自負していたのだが、やはり木刀を振りまわす剣術の動きは独特であり、四半刻（三十分）もすると、槇之輔は大汗をかき、息が上がった。

さすがに源蔵は息一つ乱れていないが、黒岩の疲弊は、槇之輔のそれをしのぎ、早々にへたりこんでしまったのである。

「おい黒岩、その様で本当に道場破りをするのか！　勝算はあるのか！」

「ご、御懸念は無用！」

「なんの、体が馴れていないだけ。一晩寝れば回復致します。明日になればもう気力充溢で御座るよ、ハハハ」

と、源蔵が黒岩をかばって豪快に笑った。

（ふん、一晩寝ると、体の節々が痛み始め、動けなくなるのではないか？）

黒岩嫌いの槇之輔、心中で冷笑した。

やはり光ったのは、弥五郎の健闘である。

疲労困憊(こんぱい)の黒岩を尻目に、槙之輔と互角に打ち合い、最後まで顎(あご)を出さなかったのだから。

「弥五郎、お前隅に置けぬなァ」

黒岩に聞こえるよう、ことさら声を大きく張ってみた。

「いえいえ、手前なんぞ我流に御座いますゆえ」

と、謙遜するが、事実なかなかの腕前であった。

黒岩は聞こえないふりをしているが、最初は当然悔しさが先に立つ。これは仕方ない。だが、このまま弥五郎の健闘が続けば、やがては黒岩も、元足軽に一目置かざるをえなくなるはずだ。そうなった段階で、道場破りには、やはり黒岩と源蔵の二人で行くのか、弥五郎を入れて三人で行くのか、黒岩自身に決めさせたらいい。

「槙之輔様、お話が御座います」

稽古の合間で一息入れ、井戸端で汗を拭っていたとき、横から源蔵が槙之輔の袖を引いた。少し険のある表情をしている。怒っているのか？

西ノ館の陰へと誘われ、二人で密談するかたちとなった。

「手前には、御心がげしかねます」

「見ての通りだ。弥五郎の腕前を披露(ひろう)している。黒岩に認めさせたい」

「黒岩に恥をかかせるのが御趣旨に御座いますか?」

「まさか、嫌な言い方をするなよ」

「でも、あれでは『お前の実力は、足軽に及ばぬ』と笑うために稽古をしているようにも見えまする」

「三十路(みそじ)の大人を、甘やかす必要はない。悔しかったら鍛えればよいのだ。意地でも立ち上がればよいのだ。黒岩に恥をかかせるなというが、弥五郎を足軽、足軽と蔑んでいたのは黒岩自身ではないのか。俺からみれば、黒岩も弥五郎も大切な家臣……元家臣だぞ」

「御意。しかし、このままでは結束にひびが……黒岩は五人から十人ほどの同志を率いておりますので」

「そんなにいるのか、例の血盟集団か? でも、五人と申したではないか」

「首謀者は黒岩以下五名に御座います。しかし、後の五名も同志に御座る」

「……」

意外であった。十人からの人物が黒岩に従っているとは——あの男のどこに、そんな魅力があるのだろうか。現在江戸在府で連絡の取れる元家臣は六十名ほどに限られる。黒岩の同志が十人とすれば二割弱にあたる――一大勢力だ。

かつて父から聞いた言葉を思い出した。

「過激で単純明快な言説は人を集める。ただ、その数は大したものではない。全体の一割か二割……あまり心配するような勢力にはならぬ。勿論、楽観するのは論外だが、気を配り見守る程度で十分なのじゃ」

黒岩の「足軽蔑視」や「城島富士之丞斬るべし」との過激な言説が、ある一定数の支持者を集めているのだろう。ここは、父の教えに従おう。過大に不安視することなく、座視もしない。

「黒岩は、なにか不平不満をお前に申したか？」

「なにも。一言も申しませぬ」

「それはそれで嫌だな……で、奴は本来、剣の腕はどれほどなのか？」

「一刀流(いっとうりゅう)の目録と聞いております」

「そこそこは使うのだな……お前の目から見て、弥五郎と黒岩、どちらの腕が勝る？」

「ここだけの話……弥五郎で」

「うむ」

敗者には二つの類型がある。いじけてうつむく者と、負けを認め前へ進む者だ。恐らく黒岩は、前者であろう。いじけてうつむき、その挙句に、反旗を翻されてはたまったものではない。

「ま、配慮はしよう。弥五郎と黒岩を直接立ち合わせることはすまい。弥五郎をことさら持ち上げるようなことも慎む、無論、黒岩の名誉は重んじる。これでどうだ？」

「御配慮、痛み入りまする」

柳生心眼流免許皆伝の剣客が、納得して叩頭した。

（六）

義母加代には悪癖がある。

「あれがしたい」「これが食べたい」と急に言い出すことだ。

倹しい家計をやりくりし、槙之輔は贅沢育ちの義母の要望に応えねばならなかった。これは義母の明らかな我儘なのだが、それを無下に断ると、数日の間彼女の機嫌が悪くなる。口もきいてくれない。露骨に無視されるのは、幸太夫や他の家族の手前もあり、体面上困る。義母が機嫌を損ねぬよう、槙之輔は、孤軍奮闘している。ただ、無い袖は振れない。出来るだけ銭のかからぬ工夫で、義母を満足させる必要があった。

「さ、刺身が食べたい」

「お刺身に御座いますか?」

また加代の悪癖が出たようで、槙之輔は困惑しながら義母の顔を覗きこんだ。

「刺身でなくともよい。魚が食べたい。池の鯉でよい。毎日毎日、根菜の煮〆(にしめ)と、菜っ葉の煮びたしでは飽きる」

「恐れながら義母上(ははうえ)、肉もお付けしておりまする」

「うさぎの味噌煮と小鳥のつけ焼きばかり……偶(たま)にならよいが、これも毎日続くと飽きる。わらわは魚が所望じゃ」

「……」

——是非(ぜひ)もない。

文政七年九月二十九日は、西暦では十一月十九日にあたる。秋風に冷たさが増し、冷蔵庫や氷のない当時でも、そろそろ刺身が食える季節ではある。

「で、幸太夫はなんと?」

この下屋敷のものは、一木一草に至るまで、すべてが鴻上家の所有物なのだ。御預人の立場上、勝手に池の鯉を獲るわけにはいかない。

「池の鯉を獲りたい」

と、幸太夫の許しを請うべく弥五郎を遣わしたのだが、妙な条件をつけられてしまった。

「鴻上衆の分も作ってくれるなら『お許し致そう』との仰せに御座います」

どうやら「足元を見られた」ようだ。

「鴻上家の者は幸太夫以下二十名。我が家が五名だから……都合、二十五人前も用意するのかァ」

一瞬、気が遠くなりかけたが——ただ、ものは考えようである。

五人分と二十五人分で、(語弊はあるが)左程に手間が変わるとも思えない。どちらにしても大事になるのだ。ここで踏ん張って、美味い鯉を食わせれば、義母と監視役を一挙同時に籠絡できるではないか。勿論、綾乃や弥五郎の笑顔も見たいし、槙之輔自身も美味い魚を食いたい。

「な、弥五郎……釣るか？　それとも、ヤスで突くか？」

「どの程度の鯉を御所望ですか？」

庭の池の深みには三尺（約九十センチ）に近い大物も潜んではいるが、巨鯉は横骨が硬く、身も大味となる。食って美味いのは二尺（約六十センチ）ぐらいまでであろう。

「突いて、もし苦玉を潰しては元も子も御座いません。二尺であれば、釣った方がよう御座いましょう」

「釣れるか？」

「釣れますとも」

苦玉は鯉の胆嚢である。腹に隠れている親指の先ほどの臓器で、潰すと胆汁がながれ、洗っても身から苦味がとれなくなる。

池は瓢簞型で、長径が三十間（五十四メートル）もあった。元々は回遊式庭園を造成する予定だったのだが、鴻上藩の財政が逼迫、工事半ばで捨て置かれ、今は岸辺に蘆の生い茂る泥沼と化している。池の中央部が擂鉢状に深くなっており、そこには一間（百八十センチ）に近い池の主が棲息していると幸太夫から聞いたことがある。

一間はともかく、二尺近くなると、鉤にかかった鯉の〝引き〟は強烈だ。今までの経験からしても、岸から釣って、池の真ん中に逃げられるとどうしようもなくなる。竿を伸され、糸を切られるだけだ。

　そこで、弥五郎に舟を出させることにした。延べ竿二本とタモ、餌のミミズを持って離岸する。櫓は使わない。棹で押して進む。水深は深いところでも二間ない程度だから、棹で十分底に届く。

「三尾は欲しい。投網の方が楽だったかな？」

「その投網が御座いませんでしょう」

「今後のこともある、買うさ……や、いっそ幸太夫に買わせるか？　これだけの立派な池があるのだ。深川下屋敷の備品として投網があっても可笑しくはなかろうよ？」

「御意」

「奴等も鯉を食いたいと申しておるのだ。うん、是非買わせよう！」

「いかが致します。舟を岸に戻しまするか？」

「……」

　あの物分かりの悪い幸太夫に、如何に投網が有用かを説明し、購入を説得する労力を思うと少々億劫になった。

「や、いい。今日は竿で釣ってみよう」

と、鉤にミミズをちょんがけし、釣り竿を立て、水面をジッと見つめた。

鯉は池の中を回遊する。いつも好んで泳ぐ道があるものだ。広い池で鯉を釣るなら、日頃より池を眺め、彼らの〝道筋〟を確かめておくことが肝要である。今回槙之輔は、蘆の繁みの根方へと餌を投げ入れた。

ポチャン――水面に波紋が広がる。秋の下屋敷、庭は静かだ。

庭の池で鯉を釣るのは春以来だ。今年の二月、小ぶりな一尾を釣り、それを家族五人で堪能した。

そのときは、幸太夫はなにも言わなかったのだが、内心で「いいなァ、美味そうだなァ」と思っていたのであろう。今回は図々しくも、厚かましくも堂々と無心をしてきた。

（もし俺が、奴等の分までは作らぬと申したら、幸太夫は鯉を獲らせないつもりだったのかなァ）

足元を見透かされ、脅されたようで不快でもあったが――寧ろ槙之輔は、料理人としての闘志を燃やしていた。

（ま、いいさ……俺の味で奴を悩殺してやる。素材は活きの好い鯉だ。俺の甘煮を食えば、今後は幸太夫の方から『是非、鯉を獲って下され』とねだってくるようになる。いくら幸太夫の味覚が崩壊していても、きっとそうなる。や、かならずそうしてみせる!)

これは決して自惚れではない。自負である。

名門旗本家に生まれて、大身旗本の正室や、大名の側室となった義母——我儘で、舌の肥えた義母でさえ、槙之輔の料理の腕には一目も二目も置いている。

料理は子供の頃、山爺から仕込まれた。

「殺生を重ねて暮らすのが猟師に御座います。美味い料理にしてやり、楽しく食ってやるのが、せめてもの供養だと思っております」

幾度か聞いた山爺の言葉である。猟人はよき料理人であらねばならない——子供心に得心がいったものだ。

浮きが微かに揺れ、新たな波紋がひろがっている。

(鯉がきている。でも、これは〝前あたり〟だ。慌てない、慌てない)

鯉は用心深い。いきなり餌に食いついたりはしない。まずは餌に小当たりし、安全を確認するのだ。ここでは辛抱あるのみ。

(いずれ大口を開けて水と一緒にミミズを吸い込む。そのときこそが〝あわせ〟の好機だ)

浮きがグッと引き込まれた。鯉がミミズをくわえたのだ。

ガツン。

鯉釣りは繊細な釣りではない。遠慮会釈なく大きくあわせる。薄く濁った暗い水中に銀鱗がきらめき、途端に強烈な引きがきた。

「よし、かかった」

「舟を寄せまする」

弥五郎が棹をさす。魚についていかねば、竿を折られるか、糸を切られるからだ。勿論、リールなぞという発想はまだない。ただ、この時代の釣り糸は、かなり進歩していた。蚕の繭糸を酢の中で引き延ばして作る半透明なテグスがすでに使われていた。天久須とも天蚕須とも書いたらしい。しかし強度的には弱く、大物には向かぬので、槙之輔、今回の鯉釣りには綿糸に柿渋をぬり補強したものを使っている。竿は竹製の延べ竿だ。

鯉は水底を左右に走りまわる。凄い力だ。竿を立て、竹のしなりを使って鯉の引きをいなし、糸を切らせないことが肝要だ。竿を伸されると万事休すで、簡単に糸は切れる。

水がはね、水滴が唇についた。なめると微かに塩味がある。

本所深川の水が悪いことはすでに述べた。この池も浅い井戸を掘り、湧きだした地下水を貯めている。飲料用には適さない。しかし、鯉は塩水への馴致性が高く、かなりの塩分濃度でも暮らせる。大川の野鯉が餌をもとめて江戸湾に下ったとの話まであるくらいだ。

鯉が舟の方に突進してきた。舟の下を潜って池の中央部の深みへ逃げようとしているのだ。一瞬、船縁から必死に泳ぐ鯉の背が見えた——大きい。二尺（約六十センチ）は優にある。

と、動きを止めた。鯉も逃げ疲れて小休止か——ならばこちらが責める番だ。と竿を立て、舟へと、水面へと、徐々に鯉を引っ張ってくる。また暴れ出す。あちらが暴れるときには、こちらは糸を切らせないことだけを考えて、鯉についてまわる。相手が休むと、引き寄せる——この繰り返しだ。

鉤にかけてから半刻（一時間）ほどが経過した。

鯉にも、さすがに疲れが見え始めている。

隙を突いて、思いっきり引き上げてみた。意外に上がる。水面に大きな頭が出た。口と鰓をパクパクと動かしている。空気を吸わせれば。魚は確実に弱る。

こうして一刻（二時間）が経った頃、ようやくタモが届くところまで鯉は浮かんできた。

「弥五郎、タモだ！」

「御意ッ」

弥五郎が船縁からタモを差し出し、網の中に獲物を取り込もうとするが、最後の抵抗か水を大きくはね上げた。

「こいつめ、往生際が悪い！」

水をかぶせられ、癇癪を起こした弥五郎は、左手で糸を摑んで引き寄せ、右手でタモを操作し、なんとか巨鯉を網の中に取り込んだ。

「見事、弥五郎！」

それは二尺にわずか足りないだけの巨鯉であった。

「これは、でかいなァ」

と、獲物を覗きこみながら、ふと、妙な空気を感じ取った。多くの人の目に注目されているような――見渡せば、池の周囲はとんだ人だかりになっている。加代と綾乃と小絵女、幸太夫以下の鴻上家奉公人たち――合計十八人ほどが、槙之輔の鯉釣りを見物していたのだ。

槙之輔が、巨鯉を抱え、高く掲げて見せると、見物人たちからは一斉に歓声が巻き起こった。

その後、一尺半ほどの良型を二尾釣り上げた。このくらいの大きさなら、身の中にかくれている細い横骨もまだ弱々しい。小骨を断つように包丁を入れれば、あまり気にならなくなる。食うには最高の大きさだ。

岸に舟を寄せ、弥五郎に三尾の釣果(ちょうか)を持たせて行進、厨へと凱旋(がいせん)した。

「どのように料理なさいますのか?」

と、目を輝かせながら幸太夫が槙之輔に訊(たず)ねた。綾乃と加代と小絵女以外の見物人たちは、ゾロゾロと槙之輔と弥五郎の後をついてきて、今は厨の表で中を窺っている。前言したように、女性陣は鳥や獣の死体がぶら下がっている(つまり、血抜きをしている)厨に近づこうとはしないのだ。

「この小ぶりな二尾は〝洗い〟としようか。でかい方は、筒切りにして〝甘煮〟にするつもりだ」

「甘煮、楽しみ……槙之輔様のお作りになる甘煮は、殊(こと)のほか美味しゅう御座いますからなァ。つい飯を食い過ぎてしまいそうです、ハハハ」

と、幸太夫はすでに十分肥満した腹を揺すって笑った。

「ハハハ、そう言われては、腕によりをかけるしかあるまいなァ」

申し分のない釣果に恵まれた後だけに、今日の槙之輔、日頃より明るく饒舌であった。

巷間、鯉を料理する前には、数日真水に泳がせ「泥を吐かせる」とよくいう。が、槙之輔はそんなことはしない。元気で生気の好い鯉を、わざわざ絶食させ弱らせてから食べるのは惜しいと考えている。

鯉を食って泥臭く感じるのは、血と腸の匂いが身に移るからである。鯉が泥を飲むのは事実で、内臓や血液には確かに泥の香が強い。しかし本来、身自体に不快な臭いなどは一切ないのだ。つまり、血抜きと腸の処理さえ間違わなければ、泥池に棲息した鯉も、釣ってすぐに調理できるというわけ。

槙之輔は、二尺の大鯉を俎上に横たえた。濡れた布で体をおおうと鯉は静かになった――さすがは、俎板の上の鯉だ。

この鯉は大きい。活き〆るにしても、首の後ろから包丁を入れるのは無理があった。中骨まで距離がありすぎるのだ。そこで、よく研いだ出刃包丁を、鰓の間に差し入れ、一気にブツリと脊椎を断った。血が湧き出してくる。頭を半分切り、尻尾をもって逆さに吊り、丁寧に血を抜いた。

頭を完全に落とし、切り口から指を挿し込んで探り、黒々と光る苦玉を慎重に引きずり出す。ここで玉を潰すと大変だ。

これでもう大丈夫。後は腸を取り出し、腹腔を洗い、鱗も取らずに薄めの筒切りにしていった。竹の皮を敷いた大鍋に筒切りにした身を並べ、酒、醬油、砂糖、水を加え、一刻半（三時間）ほど煮しめ、水分がなくなり、黒く照りがでれば甘煮の完成だ。鱗も皮も骨も難なく食える。

小ぶりの二匹は、活き〆め、血抜き、腸の処理を施した後、鱗をとり、皮を引いた。三枚におろし、腹骨をすきとると綺麗な半身になる。見た目は殆ど鯛だ。後は、小骨を断つよう包丁の角度に気を配りながら薄切りにしていった。鯉の薄切りを適温の湯にくぐらせ、冷水でしめる。これで洗いが完成。

引いた皮も捨ててはならない。これには熱湯をかけ、細く短冊に切っていく。身も皮も、共に葱や蓼を薬味に使い、酢ぬたにつけて食べれば、箸が止まらなくなる。

「あの、槙之輔様……」

厨を幸太夫が覗きこんだ。手には酒の角樽を抱えている。

「鯉の御相伴にあずかる、これは御礼に御座います」

と、満面の笑顔で酒樽を差し出した。

槙之輔と綾乃は下戸だ。弥五郎は呑めば呑めるらしいが、酒をたしなまぬ主人に遠慮して一切口にしない。この角樽も自他ともに認める「うわばみ」である加代と老女小絵女が空にするのであろう。

（ま、それはそれで、楽しみではあるのだがな……）

酔った義母が、若かりし頃の艶話——殆どは、求婚者を翻弄した武勇伝なのだが——を延々と語り、綾乃が羞恥して赤面困惑する様を傍らから眺めるのが、少しだけ楽しみな槙之輔であった。

第二章　道場破り

（一）

江戸期、時の表示は不定時法であった。

〝明け六つ〟〝暮れ六つ〟などといわれるが、これは厳密な時刻を表してはいない。基準にしているのは明るさだ。

明け六つは「日の出の四半刻（三十分）前」を、暮れ六つは「日没の四半刻後」を意味した。掌（てのひら）の皺（しわ）が三本見えるほどの明るさになれば明け六つ。六等星が見え始めれば暮れ六つと考えた。

つまり、夏の明け六つと、冬の明け六つでは随分と時刻が異なるわけ。

文政七年は閏月（うるうづき）があったので、旧暦の十月十五日は、新暦では十二月五日に当たる。この時季の日の出は午前六時半頃だから、明け六つの時鐘(じしょう)は丁度(ちょうど)午前六時前後に撞(つ)かれていたはずだ。

ゴ――――――ン。

深川八幡(はちまん)の時鐘が、その明け六つを告げた。

「いや～、いよいよ明々後日(しあさって)に御座いますなァ」

「だ、な」

鐘の音と同時に、やる気満々の佐々木源蔵が下屋敷の庭へ飛び込んで来た。

源蔵は、廊下に蹲(うずくま)ると、まだ眠そうにしている槙之輔に深々と一礼した。吐く息が白い。もう冬なのだ。弥五郎とも笑顔で会釈(えしゃく)を交わした後、源蔵はあらためて周囲を見回した。

「黒岩は？」

「まだ、来ておらん」

「困ったもので御座る。まったく、気合が入っておりませぬなァ」

「そうだな」

と、源蔵に相槌(あいづち)を打った槙之輔だが、実は「却(かえ)って好都合」とも思っている。

色々とこじらせている面倒な黒岩が来る前に、この三人で話し合い、意思統一を図っておけるからだ。明々後日にせまった道場破り――森道場には源蔵と黒岩の二人で行くのか、それとも弥五郎を加えて三人で行くべきか――今のうちに決めておかねばならない。

「手前は、三人で行くべきかと思います。弥五郎は腕がたつし、度胸も据わっている。やはり二人より三人の方が心強う御座いますからな」

源蔵は、さも当然というように弥五郎の同道を求めた。信頼されていると知り弥五郎も嬉しそうだ。

源蔵はこの二ヶ月で、大きく立場を変えていた。閏八月の中旬、四人で稽古を始めた頃には、明らかに黒岩の側に立っていたのだ。黒岩の思想に共感し、黒岩の面子を守るよう槙之輔に進言したこともある。しかし、やはり源蔵は実力本位の兵法者だった。共に汗を流し、声をかけ合い、打ち合い、濃密な時間を過ごすうち、弥五郎の腕前、人柄、思慮深さを知り、あっさりと宗旨替えしてしまったのだ。今では、弥五郎を直弟子か弟のような目で見ている。自然、黒岩とは距離を置くようになった。

(だから……これでは駄目なのだ)

槙之輔としては、この手の変化を――源蔵にではなく――黒岩にこそ求めたのだから。厳しい稽古を通じ、黒岩が弥五郎を拒絶する偏狭な気持ちも「必ずや変化する」と期待していたのだが、槙之輔の読みは大きく外れたようだ。むしろ、源蔵が弥五郎側に来たことで、黒岩は頑なとなり、より心を閉ざすようになってしまっている。現在の状況は、あまり芳しくない。

「で、黒岩はどう申しておるのか？」

「このことに関しては、なにも」

「うむ、今さら弥五郎の実力を認めるのは気恥ずかしいのではないか？　黙って

いるだけで、本音ではもう受け入れているのでは？」

「まさか……昨今、黒岩の弥五郎を見る目には、怨念すら感じまする」

「怨念だと？」

「そ、某が……黒岩様になにをしたと？」

さすがに我慢しきれず、弥五郎が呻いた。

「お前が気に病むことはない。現実を認める度量のない黒岩にこそ問題はあるの

だからな」

槙之輔、俯いてしまった弥五郎の肩を叩いて励ました。

黒岩の思想に問題があるのは明白だが、さりとて槙之輔としては、簡単に彼を

排除して済む話ではなかった。黒岩を排除すれば、彼と血盟を交わした十人が機嫌を損ねることになる。旧須崎藩は百五十人の小藩だ。藩士が十人もいれば、地縁血縁の繋がりは、ほぼ全藩士に及ぶだろう。〝御家再興の可能性〟という不確かな希望だけで繋がっている脆弱な組織は空中分解しかねない。黒岩を排除することなく、説得せねばならない。

「ま、俺から奴に話してみるよ。この場の意見は『弥五郎を含めた三人で赴くべし』で統一したということでいいな？　異議はないな？」

「御意ッ」

「御意」

これで一応、多数派工作は済んだ。後は猫の首に鈴をつけるだけだ。

黒岩は、六つ半頃にやってきた。わずかに酒が匂う——昨夜遅くまで飲んでいたのだろう。

いきなり怒鳴りつけそうな鬼の形相の源蔵を槙之輔が目で制し、粛々と稽古を始めさせた。

（宿酔だろうが、遅参しようが、なにしろ奴はここに来たのだ。意志がなけれ

ば来はしない。今咎めても、多分益はないだろうさ）

一通り稽古がすみ、一息入れることにした。

源蔵を黒岩から引き離そうと、弥五郎に目配せする。勘のいい弥五郎は、源蔵を誘い、母屋の方へと歩み去った。やっと黒岩と二人になることができた。

「黒岩、どうだ、弥五郎は存外に使うであろう？」

「御意。腕は明らかに手前より上。驚きました」

と、健気に返した黒岩だが、本心ではあるまい。槙之輔を見る目には、相変わらず反抗心が垣間見える。次には「なにを言われるのか」と警戒しているようでもある。

「当初源蔵はお前に気兼ねして、弥五郎の起用には慎重だったのだ。しかしこのふた月で源蔵の弥五郎への評価は大きく変わった。今朝源蔵は、弥五郎と共に三人で戦う途を選んだぞ」

「さ、左様に御座いますか」

と、溜息交じりに答えた。少し落胆したようにも見える。

「ただ、明々後日の勝ち負けより、旧家臣団の結束が乱れることの方を俺は心配している。お前がどうしても『元足軽と、同じ戦列にならぶのは嫌だ』と申すのなら、俺はお前の意見を尊重する積りだ」

「……………」

意外そうな顔をしている。「弥五郎とともに戦え」と頭ごなしに命じられると思っていたのかもしれない。槙之輔の言葉の真意を探ろうとしているかのような目つきだ。

更に槙之輔は、自分と旧須崎藩が人材難であることを正直に伝えた。問題があるからと一々排除していては槙之輔の手駒はすぐに払底してしまう。

「お前と俺、反りが合うとは思わんが、それでも俺はお前を股肱だと思っている。嘘はない。お前が須崎家のために働く意思をもつかぎり、俺の好き嫌いでお前を冷遇することはしないつもりだ」

「……………」

ほんの一瞬だが、黒岩の頬がゆるんだように見えた。

(今日はこのぐらいでいい。ま、こうして幾度か話す機会を設ければ、黒岩も次第に心を開いてくれるやもしれん。酒でも呑めばもっと手っ取り早いのだろうが、生憎と俺は下戸だからなァ)

槙之輔としては、かたくなに黒岩が弥五郎を拒絶しても「別段、構わない」と思っている。要は、旧家臣団の中に、後腐れやわだかまりが残らねばそれでいい。その場合、弥五郎一人に辛抱を押し付けることにはなるが、彼は下僕として常に槙之輔と共にある。いくらでも配慮や気遣いを与えることができるのだ。

だが、この槙之輔の深慮遠謀は、直情型の佐々木源蔵により、いともたやすくブチ壊されてしまったのである。

「公正を期すため〝打込み稽古〟をしてみては如何に御座いましょう」

優劣を決するため、黒岩と弥五郎を立ち合わせようというのだ。

「な、なにを申しておる？」

「これなら正々堂々、勝っても負けても恨みっこなし！」

（た、戯けが！　恨みも、つらみもたんと残るわい！　源蔵は馬鹿だ！）

源蔵は、弥五郎が勝つことを前提に、二人を立ち合わせようとしている。二ヶ月前、黒岩に恥をかかせることを心配して「二人を直接立ち合わせるな」と進言したのは源蔵自身ではないか。源蔵が提唱しているのは、黒岩に「自分の方が劣っている」と認めさせ、弥五郎を無理矢理受け入れさせるための立ち合いである。一見公正なように見えて、その実は黒岩をさらし者にする公開処刑と変わらない。組織論としては悪手中の悪手と言えた。

「しかし、本番は明々後日だろう。今立ち合って怪我でもしたら……」

「御懸念には及びませぬ。袋竹刀を持って参っております」

「黒岩も弥五郎も嫌やがるであろう」

「や、手前はお受け致します」

黒岩が闘志満々で応えた。

「弥五郎は？」

「て、手前は……旦那様の御判断にお任せ致します」

「弥五郎、お前に矜持はないのか！　槙之輔様ではなく、自ら決めよ！　黒岩はお前のことを『足軽あがりの下僕』と嘲笑しておる輩だぞ。武士ならば、漢ならば立ち合え！」

「……」

源蔵の叱咤に項垂れてしまった弥五郎だが、上目使いに槙之輔を見つめてきた。

弥五郎、槙之輔に許可を求めている――要は、やりたいのだ。

（糞ッ、弥五郎まで源蔵の扇動に乗せられおって）

ここに至っては止むを得ない。これ以上の忍従を、弥五郎一人に負わせるのは酷（こく）というものだ。槙之輔は瞑目（めいもく）し、二度、弥五郎に頷（うなず）いてみせた。

「佐々木様、その勝負、手前もお受け致します！」

槙之輔の了承を見るがはやいか、弥五郎が叫んだ。

「よう言うた！　二人とも心おきなく立ち合え！」

（まったく、どいつもこいつも！）

槙之輔、内心で吼（ほ）えた。


黒岩と弥五郎の立ち合いは昼の四つ（午前十時頃）から始まった。

槙之輔は座敷の廊下にすわり、源蔵が審判を務める。

朝の野良稼（のらかせ）ぎを終えた鴻上家の足軽が数名、鍬（くわ）や鋤（すき）を手にしたまま物珍しそうに見物していた。

黒岩も弥五郎も、ともに籠手（こて）と鉢巻のみをつけている。幾ら袋竹刀でも、打たれれば怪我をする。ちなみに「突き」は禁じ手とした。突きは喉（のど）に炸裂（さくれつ）する。防具なしではあまりに危険だからだ。

「初めィ」

源蔵の声で、両者十分な間合いをとって睨み合った。黒岩が上段に構え、それに弥五郎が中段で対抗する。黒岩は攻め気で圧し、弥五郎は泰然自若、切っ先だけが静かに相手の喉元をねらっていた。

片や上士として、足軽如きに負けるわけにはいかず。片やその上士の「鼻っ柱を圧し折ってやろう」と、下剋上を虎視眈々と狙っている。この勝負、かなり白熱したものとなりそうだ。

先に仕掛けたのは黒岩の方であった。

ジリジリと間合いをつめ、見切りの内にはいると同時に打ちかかった。

「トォ――――ッ！」

弥五郎は、討ち込んできた黒岩の竹刀をいなし、右へ体をさばく。反射的に黒岩の無防備な面を打ちにいったが、今度は逆に黒岩からいなされた。弥五郎、思わずたたらを踏む。

「籠手ッ！」

黒岩が上から籠手を叩いた――が、浅い。かすった程度。ただ、これが真剣を抜き合っての勝負であれば、弥五郎の手首からは血が流れたであろう。

二人は中段の構えをとって距離を保ち、戦況は膠着した。

睨み合ったまま、時計回りにゆっくりと回る。

ふと足を止め、今度は間合いをつめはじめた。少しずつ接近する。切っ先がわずかに触れ合った。

黒岩がズルッと歩を進める。当時に、弥五郎が一歩引いた——これでは当たらない。

また膠着した。

「えい——ッ」

「オリャ——ッ」

ここは掛け声だけだ——と、思ったら、急に見切りの内に入ってきた。

ズイッと一歩近づいた黒岩、己が竹刀で弥五郎の切っ先をポーンと叩き、そのまま打ち込んできた。瞬間、弥五郎が竹刀の腹で黒岩の竹刀を擦りあげる。そのまま籠手を強打した。

「籠手——ッ」

「勝負あり！」

源蔵の声が響き、双方竹刀を引き、蹲踞（そんきょ）の姿勢に戻った。

書けば長いが、勝負はほんの一瞬であった。

「両名とも見事な立ち合いであった」

槙之輔が声をかけると、黒岩と弥五郎が庭に片膝(かたひざ)をついて会釈した。

「勝ちは弥五郎だ。明々後日の試合、源蔵、黒岩に弥五郎を加えた三名で乗り込むように。黒岩、よもや不平はあるまいな?」

「お、恐れ入りまして御座います」

と、元若殿の下知に従い、叩頭(こうとう)した。

(二)

武士は主から禄(ろく)をもらう。禄にはもれなく軍役がついてくる。

例えば、高百石の武士の軍役は二人である。一朝有事(いっちょうゆうじ)の際には、従者二人を連れて戦場に馳(は)せ参じなければならない。

それが一万石の大名の軍役となると二百人。ただ、これは建前で、実際に二百名の武士を召し抱え続ける必要はない。必要はないし、そもそも無理だ。実際にそれだけの藩士を抱えていては藩財政が破綻(はたん)する。

騎馬武者、徒士(かち)、足軽、荷駄を運ぶ小者、すべて合計して二百人という意味である。騎馬武者と徒士は譜代(ふだい)衆だとしても、足軽以下には戦時の臨時雇いも多かったから、多くの藩で平時には、ざっくり軍役数の半分程度の家臣数を抱えていたのではあるまいか。薩摩藩を筆頭に、外様雄藩の例外も多いが。

信州須崎家の場合、禄高一万八千石だったから帳面上の軍役は三百六十人なのだが、実際の藩士数は百五十人ほど。百人が国許に、銭のかかる江戸常府者は可能なかぎり数を抑えて五十人――こぢんまりとした小藩でも、この程度の人数はいた。

「でも、すでに須崎藩は改易されたのですから。兄上が御家来衆の暮らし向きにまで心を砕かれるのは御無用なのでは？」

「ま、そうもいかんだろう」

最前から、居間の襖や障子を開け放し、草茫々の庭を眺めながら綾乃の繕い物を手伝っている。意外に槙之輔、裁縫が上手い。

心得のある武士なら、甲冑、小具足、鎧直垂の修理ぐらいは自らやるべきだ。糸と針は、使えて当たり前。尤も槙之輔の場合、武具類は改易時にすべて金に換えてしまったから、地味に己が小袖のほつれなどを縫っている。

「御家来衆、兄上のお人柄に甘えておいでなのですよ」

運針を続ける手を休めずに、綾乃が不満気に呟いた。

「そう申すがな……困窮すれば、次第に心が荒み、生活が乱れる。法を犯す者も出てこよう」

「自業自得なのでは？　皆様の御身分は浪人なのですもの、御番所の厳しい詮議が待っております」

「綾乃は、家来に厳しいな」

「私が厳しいのでしょうか？　兄上がお優しすぎるのでは？」

「……」

特に〝甘い〟との自覚はない。日頃より元家臣どもが増長せぬよう気を配っており、皮肉や譴責で意識的にやりこめることすらある。

父の金言「威張らず、なめられず」を忠実に実践しているつもりだ。

でも、もし本当に御家再興が成った場合、自分は家臣たちの生殺与奪を握ることになる。いざという折、例えば切腹や改易を含めて「非情な処置がとれるのか」と自問すれば、あまり自信はない。それを自分が決断せねば藩内の統制はとれなくなるのは分かるが、果たして大丈夫だろうか。

（ま、あくまでも『御家再興がなれば』の話であるがな……これも『獲らぬタヌキの皮算用』というのだろうか？）

「私は、兄上が背負い込まれている重荷を降ろして差し上げたいだけです」

「重荷？　俺など、伊勢守様からの捨扶持を頂戴し、日々お前らと呑気に暮らしているだけだ」

伊勢守とは、槙之輔の父の姉の連れ合い。義理の伯父である鴻上藩主をさす。

「呑気？　本当ですか？　例えば明日の道場破りだって、兄上はたいそう心配しておられるでしょ？　私には気苦労ばかりのように見えまする」

「そりゃ、心配ぐらいするさ。木剣で……否、袋竹刀での立ち合いとはいっても、当たり所が悪ければ怪我をするからな」

「防具は？」

「勿論、着けさせる。危険はない」

道場破りの件は、加代と綾乃と小絵女には伝えてある。但し、余計な心配はさせたくないので「防具を着用し、袋竹刀で戦う」と嘘をついている。木剣を使い防具なしで戦うと知れば、反対されるに決まっているから。

「なら、なにが御心配ですの？」

「……怪我はせずとも、痛いだろう。相当痛いはずだ」

「痛かろうと御心配を？　兄上は、まるで母親のよう……ウフフ、可笑しい」

と、艶のある淡い薔薇色の唇に手の甲をあてて笑った。

「元家臣だよ。そうツレナイことも言えんさ」

ちなみに道場破りの件、幸太夫たち鴻上家側には一切話していない。急に剣術の稽古を始めたから「訝しがられるのでは」と不安だったのだが、あまり気にしている様子も見えない。幸太夫以下、今の季節はタクアンの漬けこみに大童で、槙之輔や須崎の遺臣たちどころではないのだ。

「あの暗い目をした黒岩子太郎、私、あの方が大嫌い」

「そう申すな。あれでも俺の股肱だ」

「黒岩様は、兄上のことを嫌っておいでです。兄上もまた、あの方のことがお嫌いでしょ。互いに反りが合わぬ者同士、どうせこの先、うまくやって行けるわけが御座いません」

槙之輔は内心で、義妹の慧眼に舌を巻いていた。

武家の女のたしなみで、源蔵と黒岩が剣術稽古にきても、綾乃が顔をだすことはない。言葉を交わしてもいないのに、槙之輔と黒岩の間柄・関係性を鋭く看破している。

「ああ、明日は弥五郎も、源蔵らとともに戦うらしいぞ」

「弥五郎が？　それはよう御座いました。あんな黒岩某より、弥五郎の方がよほど頼りになると思います」

「皆頼りになる。幾度も申すが、俺の股肱さ」

「ウフフ、兄上は本当にお人が宜しいから」

含み笑いをされ、なんだか馬鹿にされているようで、気分が萎えた。

（綾乃は俺の本性をしらない。獣を倒すとき、憐憫の情など感じたことが一度でもあるか？　ないさ。俺は非情な男なのだ。口にしていることと、考えていることはまるっきり逆だし……嗚呼、本当に自分で自分を好きになれない）

「それにだ。明日のことは結局、俺自身のためでもあるのだから」

「どういうこと？」

と、運針の手を止め、美しく澄んだ目で義兄を見つめた。

槙之輔、少しドキマキしながら、隣室を窺った。そこには老女が蹲り、船を漕いでいる。義母加代つきの女中小絵女である。

還暦過ぎの彼女は、加代から言われ日頃から「お目付役」を務めていた。槙之輔と綾乃が二人きりになりそうなときには必ず、小絵女がどこからともなく現れ、一定の距離を置いてかしこまる。

「間違いがあってはならぬから」

と、加代が小絵女に命じるのを耳にしたことがある。小絵女の派遣は、義母の意向なのだ。

(埒もない……間違いなど、起こるわけがない。例え義理の仲とはいえ、俺と綾乃は兄妹なのだからな)

「兄上?」

(我々は馬が合うのだ。それだけだ。兄妹仲がよくてなにが悪い? そもそもだな……)

「兄上!」

「え?」

——また悪い癖が出た。槙之輔、考えごとを始めると妙に集中してしまい、周囲が見えなくなることが多い。

「ですから、どうして佐々木様たちの道場破りが、兄上御自身のためになるのですか?」

じれて、綾乃が再度訊きただした。

「そ、それは、つまりな……」

元家臣たちの内、仙衛門の周旋(しゅうせん)や親戚の伝手(って)を頼って、他藩や旗本家に仕官出来た者は、わずか三十人ほどだ。後は帰農する者、寺子屋や私塾を始める者、武士を捨て商家に勤める者など様々。そして多くの元藩士が、浪人となり、裏長屋などで暇を持て余し、怠惰(たいだ)に暮らしていた。彼らが生活に窮(きゅう)し、武士の矜持を忘れ、事件などを起こすと、必ず「元須崎藩士たる不逞(ふてい)浪人」との言い方をされるはずだ。これが御家再興の妨(さまた)げとならないわけがない。

「結果、俺は未来永劫(えいごう)、この屋敷内で〝がさつな幸太夫〟の監視の下、不自由に暮らすことになるのだ」

「ウフフ、ま、それは確かに、お辛う御座いますわね」

と、綾乃は皮肉な笑顔を返し、一応は納得してくれた。

「そうならぬために、俺は元家臣たちの暮らしがたつよう、こうして気を配っておるわけさ」

「兄上は、どうして御家再興を望んでおられるのですか？」

「ま、悲願だからな」

「殿様になるだけが、人の生き様では御座いませんでしょうに」

「俺のことだけじゃないさ。旧須崎家全体の悲願だ。綾乃、お前にだって無関係お前の器量なではないのだぞ」

「私は、今の暮らしに不満は御座いません」

「そう申すが……御預人の妹では嫁ぎ先にも困ろう。大名の妹で、お前の器量なら、引く手あまたになる。もう相手を選び放題だ」

「それを兄上は御望みで？」

「兄として当然であろう」

「……左様で御座いますね」

綾乃が感情を圧し殺した声で返事をした。顔を強ばらせ、槙之輔に御座なりな一礼をくれると、席を立ち、廊下を歩み去ってしまったのだ。老女小絵女も一礼し、後に続く。

「なにか、気に障ることでも言ったかな？」

と、呟いてから自己嫌悪に襲われた。

（とぼけるな槙之輔……お前には分かっているはずだ）

綾乃は槙之輔に〝好意〟を持っている。十四歳と七歳での初対面のときから感じていたことだ。

で、その好意が男女の恋愛感情であるのか――ないのか、確かめたことはないし、今後とも確かめるつもりはない。そんな勇気はない。ひるがえって、彼自身の想いはどうなのか、どこかで綾乃を、女として見ているのではないのか——それを自問し、結論にせまる勇気も、同時に槙之輔は持ちあわせていなかった。つまりは、綾乃とのことは「考えないようにしている」「耳を塞ぎ、逃げている」のが槙之輔の実情だ。

そうであればこそ「幸太夫ばりの無神経さ」を装い、わざわざ彼女の縁談話などをシラッと切り出してしまった。それは綾乃も怒るだろう。本日の槙之輔の振る舞いは、男として実に卑怯だ。

(で、ではどうしろと言うのだ？　心のままに、兄と妹で互いを求め合うのか？　そんな背徳が、不道徳が、許されるわけがない。不毛だ！　考えるだにおぞましい。天罰が下る)

槙之輔は居間に一人取り残されてしまった。

綾乃は、自分の裁縫道具をそのまま置いて去ったが、これはどうすべきなのだろうか——槙之輔が片付けて、部屋まで届けるべきなのか。弥五郎を呼んで片付けさせるべきなのか。正直、今すぐ義妹と顔をあわせるのは気まずい。どんな顔をしていいのか分からない。いっそ、このまま放置しておくか——元若殿須崎槙之輔、裁縫道具を前に悶々と思案をめぐらせていた。

（三）

早朝、弥五郎が慌てた様子で駆けて来て、廊下に畏まった。

「旦那様、一大事に御座います」

「なんだ？　もう面倒事は御免だぞ」

「佐々木源蔵様が襲撃を受け、大怪我をされた由に御座います」

「だ、誰に襲われた？」

「申しわけ御座いません。現状〝佐々木様大怪我〟しか分かりませぬ」

と、叩頭した。

「弥五郎、お前、源蔵の住まいを知っておるのか？」

「はッ。馬喰町に御座います。神田川縁郡代屋敷のすぐ裏」

「参るぞ」

と、跳びあがった。

今日は十八日だ。父の月命日であり、外出が認められている。出かける前には、幸太夫に一言断るのが慣例だが、今朝は緊急事態である。留守居役への挨拶は後回しにして、なにしろ門を走り出た。

西へ十町（千九十メートル）走り、新大橋を渡る。

新大橋は大川にかかる四つの橋の内の一つだ。両国橋と最下流にかかる永代橋の中間にある。長さは百八間（百九十六メートル余）で、深川と浜町を結んだ。

この橋、経費がかさみ過ぎ廃橋となるところを、深川の住民が幕府に直訴嘆願し、今後はすべて民間の費用で維持管理することを条件に、廃橋を免れた経緯がある。よってその往来には「橋が傷まぬよう」様々な決まりごとが設けられていた。荷車の渡橋は禁止。橋の上は商売禁止。そもそも、立ち止まって休むこと自体が禁じられていた。ただ、走ることは禁止――との規定はないようなので、源蔵の元へと急ぐ槙之輔主従は、おそらく走って渡ったものと思われる。

橋を渡り切り、武家地を抜け浜町堀にでた。ここからは一本道だ。水路に沿って十町北上すれば馬喰町にでる。槙之輔は走った。

（源蔵は柳生心眼流の免許皆伝だ。腕前は生半可なものではない）

その源蔵が大怪我を負わされたとなれば、相手も只者ではないということだ。

（大人数で襲われたのだろうか。や、それならむしろ、源蔵は初手から逃げて無事なはずだ。免許皆伝には、逃げ足の速さも含まれているだろうからな……一体なにがあったのだ？）

源蔵は、二階建ての長屋を借りて住んでいた。妻女と幼い息子がおり、使用人はいない様子だ。元若殿様の来訪に恐縮し、若い妻は畳に額をこすりつけた。

「源蔵、どうした？」

「ま、槙之輔様……佐々木源蔵、一代の不覚をとって御座いまする」

と、無理に布団から身を起こそうとするのを押しとどめ、枕元に座った。

顔といわず、腕といわず、体のいたる所を晒で巻かれ、そこに血が滲んで見える。かなり重い怪我と見た。

「誰にやられた？」

「恐らくは森道場の門弟衆……あるいは、道場から頼まれた破落戸侍やも知れませぬ」

源蔵は毎朝、柳原土手にある稲荷に詣でるのを日課としていた。今朝も参拝をすませ帰宅しようとしたところ、覆面で顔を隠した六人組に襲われたという。

羽織も着ず、小袖に袴姿――浪人風である。

「六人相手では分がないので、逃げようとしましたが、投網のようなものを被せられました。転んだところを、木剣で袋叩きに……」

「ず、随分と手荒いものだなァ」

　道場破りにも作法があった。前もって試合を申し込み、立ち合う方法を双方で話し合い、約定を交わした上で行われた。ある日突然「頼もう！」と押しかけても、相手にはしてもらえなかったのである。今回源蔵は、森道場側に「旧須崎藩剣術指南役佐々木源蔵以下三名」との名乗りをあげている。

　つまり、事前に道場破りの身元が判明しているので、腕に自信のない道場の場合、前もって相手を買収したり、闇討ちにすることで、面目を保とうとすることがよくあるのだ。

　錬義館森道場は「施設だけが立派で、実力が伴わない道場」の典型であった。高級旗本の子弟や、各藩の重臣の倅に、目録や免許を乱発して箔をつけさせ、謝礼で豪華な道場を維持運営している。

「ここならやれる。口止め料もたんまり獲れる」

と、森道場に目をつけたのは、源蔵の慧眼といえそうだが、窮鼠猫を噛むの例え通り、追いつめられた道場側は陰湿な闇討ちをしかけてきたのであろう。

　ちなみに、当時の武術における目録や免許とは、現在の段位のようなもので、習熟度によって師匠から与えられた。流派によって異なるが——「切紙」「目録」「免許」「皆伝」と進む場合が一般的だったようだ。免許皆伝の上に「口伝」や「印可」をおく流派もある。

　かの坂本龍馬は、北辰一刀流千葉周作の弟（貞吉）から「長刀兵法目録」を受けており、この目録はどうやら本物らしい。ま、薙刀に関して、上級者であったのは真実なのだろう——「剣ではないのか？」との疑問は残るが。

　その一方、龍馬は北辰一刀流の「免許皆伝だった」との説は、やや怪しくなる。縁者が残した書きつけにそうあるだけで「巻物はすべて焼失した」とも書かれてある。真実のほどは分からない。ただ、龍馬の江戸での剣術修行期間は、細切れで三年余ほど。しかもその間に、アチコチ忙しく飛び回っており、剣術専修とはいかなかったようだ。常識的に考えて「北辰一刀流の免許皆伝は無理」ではなかろうか。

　——閑話休題。

「で、今日はどうする？　黒岩と弥五郎の二人では心もとなかろう」

「なに、手前は大丈夫……少し休めば、杖にすがってでも参ります」

「その意気や大いによしだが……現実問題、立ち合えんだろう」

「やれます。死ぬ気で参ります」

「誰か他にアテはいないのか？」

「あまりに急なことなので……や、手前がなんとしても参ります」

「無理をするな。『今日のところは、御辞退申し上げる』と先方に伝えればよいではないか」

「しかし、手前は旧須崎藩剣術指南役と名乗っております。ただでさえ、我が藩は……恐れながら……『粗相(そそう)の家』との悪評があり、そこへ『勝てぬと知って逃げた』との風評が立てば、いよいよ嘲笑されるのでは御座いますまいか」

「………」

「あの、旦那様」

背後から遠慮がちに、弥五郎の声がした。

「ん？」

「辞退するにせよ、強行するにせよ、まずここへ黒岩様をお呼び致しましょう」

「黒岩に繫(つなぎ)はとっておらぬのか？」

「先ずは槙之輔様に、と思いまして」

「弥五郎、お前、済まぬが黒岩を呼んできてくれ。奴の家は何処だ？」

「浜町堀を渡ってすぐの亀井町……たしか、源兵衛店に住んでおりまする」

喘ぎながら、源蔵が答えた。

「では早速に、御免」

と、弥五郎は槙之輔と源蔵に一礼して立ち去った。

「手前は無念でなりません。こんな非道な奴等に敗北するとは……」

「負けてはおらん。立ち合いを先延ばしにするだけだ。またやればよいのだ」

「もう二度と、森道場が我らと立ち合うことはありますまい。我らの方から辞退すれば、我らの不戦敗……もう負けは確定に御座います」

「………」

「槙之輔様、手前の代わりに貴方様が……」

「それを申すな。もし俺の顔を見知っている者が一人でもいれば、須崎家再興の道が閉ざされるばかりか、大恩ある鴻上藩にまで迷惑がかかるのだぞ」

「しかし、そこをなんとか。曲げて」

源蔵は、もし槙之輔が立ち合えば、負けることは「まず、ない」と読んでいる。防具着用の竹刀剣術しか知らぬ者が、現実にクマやイノシシと命のやり取りをしてきた槙之輔に敵うはずがない。源蔵自身が槙之輔と幾度も立ち合った経験上、確信をもっているようだ。槙之輔が一勝し、後は弥五郎か黒岩のどちらかが勝てば、二勝一負でこちらの勝利となる。もし二連敗を喫したとしても「戦わずして逃げた」と言いふらされるよりはよほどましだ。闇討ちをした後ろめたさもあるだろうし、森道場の方でことさらに煽るようなことはすまい——そう源蔵は見切っている。

「しかし、これればかりはどうにもならん。料簡せよ」

源蔵の両眼から涙が伝わり落ちた。

(源蔵にはすまぬが、ここは譲れん。情にほだされて、突っ込んではならぬ局面だ……槙之輔、自重せよ)

弥五郎は、四半刻(三十分)もしない内に黒岩子太郎を同道して戻ってきた。

例によって酒が匂った。その匂いが、今朝は新しい。朝から飲んでいたのかもしれない。

(嫌だなァ)

とは思ったが、勿論、顔には出さない。「来てくれて嬉しいぞ」との態で黒岩を迎えた。

話を聞いた黒岩は、源蔵が欠けても弥五郎と二人で——さもなくば自分一人でも「森道場に乗り込む」といきまいた。源蔵を闇討ちした森道場に「実に、卑怯な奴等だ」と〝憤懣やるかたなし〟といった風情だ。

「一人でなぞ無理だ。よってたかってなぶり殺しにされるだけだぞ」

「おう、望むところだ。正々堂々と斬り死にしてやる」

「?」

黒岩、発言内容が一々激烈に過ぎる。日頃、虚無と寡黙を生きざまとする彼らしくない。

(なるほど……黒岩は「死に場所」を求めているのかもしれないなァ)

城島富士之丞を斬る血盟を結んだのも、単身森道場に乗り込もうとするのも、黒岩が自暴自棄となり、痛快に死ねる場所を探していたから、と考えれば辻褄が合う。食い詰めた浪人が「いっそ死にたい」「どうせなら華々しく死にたい」との破滅的な考えに捉われる——ありそうなことだ。

(これは放っておけば、本当に一人で乗り込むなァ。黒岩は殺される。で、それを見殺しにしたのは誰だ? 源蔵は動けない。弥五郎は下男だ……俺の立場がない。家臣共からの人望が亡くなれば、御家再興も望めない。糞ッ、どうしても俺を引きずり出す気か！）

「黒岩、よくぞ申した。今回の道場破りは私利私欲のそれではないぞ。源蔵の仇討ちだ。卑怯者共に鉄槌を食らわせてやろう。義は我等にあるのだからな」

「御意ッ」

「黒岩の義侠心を聞き、俺も目が覚めた。俺が源蔵の代わりに立ち合おう」

「え！　それはまことに御座いまするか！」

みるみる黒岩の瞳が潤み始めた。今にも感動の涙が溢れそうだ。

「わ、若殿……」

（おいおいおい、まさか源蔵、お前まで泣いているのか？）

確かに源蔵も涙ぐんでいた。槙之輔の心にもない、まやかしの言葉を真に受け、素直に感動している。なにか自分がとんでもない詐欺漢にでもなった気がして、少し心が痛んだ。

ふと弥五郎と目があった。弥五郎は泣いていない。ただ盛んに頷いて、一座に同調している。

（こいつは、俺の同類かな……）

弥五郎は、その場の雰囲気に流されて感傷の涙にむせぶことはなく、さりとて超然と構え、皮肉な笑みを浮かべ、場を白けさせることもしない。多分、弥五郎の思考は、槙之輔に似ているのだ。

源蔵が「どうしても、自分もついていく」ときかぬので、弥五郎に町駕籠を呼びにやらせた。辻駕籠でも一里あたり二百文はとられる。

(二百文か、辛いなァ……いっそ弥五郎に、背負わせていくか?)

と、一度は胸算用したのだが、その弥五郎も立ち合いの戦力であり、敵地に着く前にヘロヘロになられては困るので、ここは奮発して駕籠を頼むことにした。

江戸の町駕籠には、主に二種があった。

辻駕籠と宿駕籠である。辻駕籠は町を流して客を拾い、宿駕籠は問屋場や宿屋に専属して客を運んだ。蔵前茅町の江戸勘などが有名。現代で言えば、前者がタクシーで後者がハイヤーといったところか。後者の方が速いし、駕籠は立派だし、親切丁寧だったが、その分料金は高かった。

槙之輔は、痩せても枯れても元大名家の世子である。

道場破りで小遣い稼ぎをしていると思われては心外だ——というより御預人の

身で、街に出歩いていることが幕府に露見すれば、きつい御咎めを受けることになる。恩義ある鴻上藩にも大迷惑をかける。御家再興の話など雲散霧消しかねない。

「あ、卒爾ながら御妻女……ちと竈の消し炭を頂けないか？」

「はあ？　け、消し炭に御座いまするか？」

「うん、炭じゃ」

源蔵の妻から借りた炭で、顔のアチコチを汚し、手拭で頰被りをし、須崎槙之輔と分からぬよう念入りに変装した。

「槙之輔様ァ、そのお顔は如何なされましたか？」

——ま、黒岩ならずとも驚くだろう。

「変装だ。俺と知れぬようにな」

「確かに槙之輔様とは分かりませぬが、逆に、とても目立ちまする。胡乱な人物として田町につく前に、奉行所にしょっ引かれますぞ」

「……………」

「炭を塗った箇所が斑になって、まるでブチ犬で御座います」

「ブ、ブチ犬とな……では、やめるとするかな」

「そうなさいまし」

やはり、少しやり過ぎたようだ。目立ってはいけない、目立っては。

裏に出て井戸端で水をくみ、顔を洗った。

「おっ？」

少し驚いた。水に塩味がない。このまま呑んでも充分に美味(うま)そうだ。やはり上水は有難い。

弥五郎が呼んできた辻駕籠に、大男の源蔵を皆で抱えて押し込んだ。動かす毎に「痛い、痛い」とうるさいので、思わず「辛抱せい！」と怒鳴りつけてしまった。槙之輔が「実は癇癪(かんしゃく)持ち」であることを知らぬ源蔵と黒岩は、日頃穏やかで冷静沈着な元若殿の剣幕に驚いている。一方、主の短気に薄々は感付いている弥五郎、赤面し面(おもて)を伏せた。

亀井町から田町まで一里と少しある。徒歩と町駕籠の一団、急いでも半刻（一時間）近くはかかるだろう。約定の刻限は昼の八つだから、ここを九つ半（午後一時頃）には出発せねばならない。

源蔵の妻子に見送られ、一行四人は、田町の森道場を目指して出発した。

（四）

「えい」

「ほう」

と、二人の駕籠かきは懸命に息を合わせようとするのだが、源蔵を乗せた駕籠は大きく左右に揺れた。揺れる毎に源蔵が顔をしかめる——傷が痛むのだ。

源蔵の表情が分かるのは、簡素な四ツ手(よつで)駕籠だから。両側に茣蓙(ござ)を垂らしただけの竹駕籠である。防犯上の必要から、雨の日以外は垂れを上げ、中が見える状態にして客を運んだ。四ツ手駕籠より高級な宝仙寺(ほうせんじ)駕籠やあんぽつ駕籠になると、町人が乗るものでも引き戸が設(しつら)えてあり、それなりに豪華であった。

「おい駕籠屋、もう少し揺れぬようにできぬのか」

「旦那、こちらの御病人の座り方が悪いんですよ」

床面にとりつけられた円座に、きちんと尻を埋めるようにして座ると、駕籠は安定し、担(かつ)ぎやすいし、揺れも少なくなるという。一旦駕籠を停め、源蔵を座り直させてから再出発した。確かに、揺れが減り、源蔵が呻く回数も減ったようである。

錬義館は、市井の町道場である。二千坪の敷地に長屋門を構え、玄関の屋根には唐破風までが設えてある。ただ、外見上は極めて豪華だ。

駕籠から源蔵をおろし、駄賃を支払わせようと財布を出して弥五郎を探したが、彼は黒岩とともに必死で源蔵の巨体を支えている。

「……………」

仕方なく槙之輔は自身で銭二百二十文を駕籠かきに手渡した。二百文が正規の駄賃、二十文は酒手である。

門前に馬が三頭、供侍や紺看板の中間が二十数名も屯ろしている。これは邸内に、かなりの数の騎乗や槍を立てる身分の武士が集っていることを示していた。

ちなみに、当の道場主森小熊の身分は、一介の浪人者に過ぎない。

「こ、これが町道場？　どうみても三千石……や、五千石の寄合御旗本の御屋敷に御座いまするなァ」

その豪奢な構えに気圧された様子で、源蔵の右脇の下から弥五郎が小声で囁いた。

「所詮は張りぼてだ。ビクビクするな」

と、源蔵が喘ぎながら返した。

供侍や中間たちが、ジロジロと不躾な視線を投げてくる。既に「この四人が道場破り」と気付いているようだ。道場破り——どこか無頼の香がする。破落戸の印象もある。かなり居心地が悪い。

錬義館は確かに壮麗なのだが、大名家や旗本屋敷と大きく異なる点もあった。表札である。

この時代、たしなみとして武家屋敷には一切表札を出していなかったのである。しかし、町道場はそれを出した。商売だから仕方がない。森道場には「一刀流武芸指南所」と揮毫された巨大な檜の一枚板が掲げられていた。

「源蔵、我らが勝てば、あの看板を持って帰ってもよいのか?」

「それは先方次第に御座いましょう。潔く負けを認めて看板を持ち帰らせるか、銭を渡して看板は許してもらうのか、あるいは、門弟全員で襲い掛かって口を塞ごうとするか……ま、もし我らが勝てば、との前提に御座いまするが」

「勝つさ。絶対に負けんよ」

　源蔵の左脇の下から、黒岩が思いつめたように呟いた。

「ま、当たって砕けろだな……や、我らは決して砕けはしないが……参るぞ」

と、中間たちの視線をすり抜けるようにして長屋門をくぐり、大声で訪いをいれた。

　建物だけでなく道場内も立派であった。

　八間四方（百二十八畳）の広大な板敷。武者窓が幾つもあり、陽光が十全に射しこんでくる。道場内はとても明るかった。床の間には香取・鹿島両神宮の軸が掛けられている。

　五十名ほどの見学者がいた。幾人かの侍は、登城時と同様に熨斗目に半裃を着けている。鼠の小袖に縞の羽織を粋に着こなす大店の主人風の姿もあり、森道場の支援層が多岐にわたることを示していた。

（自信満々のようだな……森小熊、端から負けるつもりはなさそうだ）

　これだけの衆目の前で、万に一つも道場破りに後れをとろうものなら、森道場と森小熊の権威は失墜するだろう。各藩からの支援は打ち切られ、門弟は減り、立派な道場施設を維持することは困難になる。もしも負ける怖れがわずかでもあるのなら、これほど多くの人を集めたりはすまい。内々にコソコソと立ち合おうとするはず。つまり道場側には、よほどの自信があるということだ。

　源蔵は「森道場に腕のたつ者はいない」と判断、道場破りを決意した。剣の腕を見極める源蔵の目は確かだ。信用がおける。しかし、この余裕綽々(よゆうしゃくしゃく)の態度を見れば、恐らく対戦相手は森道場の師範や門弟衆ではあるまい。金を払って他の道場から剣客を「助っ人として雇ってきた」と見るべきだ。

(つまり、これから俺たちが相手にするのは、可能性として、江戸一番の剣客かもしれないということだ)

　槙之輔の背中を、一筋の冷や汗が伝わり流れた。

　ちなみに町道場の経営は、複数の収入源から成り立っていた。

　まず入門時には束脩(そくしゅう)を受け取る。束脩——入会金に近い。古代中国で、師匠に謝礼として干し肉の束を贈ったことに由来する。江戸期でも現金で支払われることは希(まれ)で、扇子(せんす)や衣服、刀剣などを贈った。

　門弟は月々の謝礼を納めたが、金額はマチマチで、かなりの幅があり、道場の格式や門弟の腕前により一定ではなかった。時に応じて取ったり、取らなかったり——農民の謝礼が、現物納付であることも珍しくなかったのである。総じて、あまり謝礼は、道場の経営上重視されていなかったのではあるまいか。寧ろ、各藩や大店からの支援金に頼る部分が大きかったようだ。各藩は江戸在勤の藩士を有名道場に通わせ、他藩士との草の根交流を図らせた。道場にまとめて支援金を渡し、藩士を委託生として入門させる。その場合は当然、門弟個人から謝礼はとらない。

上達すれば伝書を与えた。道場主は（既に述べた通り）、切紙、目録、免許と昇段する毎に授与料を徴収できる。権威ある道場での免許皆伝ともなれば、現代で言えば有名大学の卒業証書ぐらいの価値があったから、当然「金で買う」ことを考える不埒な輩もいたはずだ。

で、そこからはその道場の姿勢が問われることになる。銭を選ぶ（未熟者に伝書を与える）か、矜持を守る（実力のない者に伝書は与えない）か——森小熊の場合は前者だったのだろう。

「錬義館塾頭の青木十兵衛に御座る」

三十半ばの小柄な男が進み出て、慇懃に挨拶した。

塾頭は、道場主に次ぐ責任者である。師範代が技術面の指導者——師範に代わって門弟に稽古をつける――のに対し、塾頭は、剣技指導にとどまらず、組織としての道場そのものを代表した。勿論、師範代を兼ねることも多い。

「須崎家浪人、黒岩子太郎」

「同浪人、長谷川弥五郎」

「同浪人、黒田槙太夫」

――三人目が、槙之輔である。勿論偽名だ。〝黒田〟は深川下屋敷で足軽以下の奉公人たちを束ねている徒士の姓から借りた。〝槙太夫〟は、槙之輔と幸太夫を切り貼りし、ひねり出した名前である。〝黒田槙太夫〟――我ながら妙ちきりんな名だとは思う。

「これはこれは佐々木殿、如何されたかその晒は？　立ち合いに臆して、仮病に御座るかな？」

「よくもぬけぬけと！」

「佐々木様、御辛抱を！」

激昂する源蔵を弥五郎が押しとどめた。

（そうそう。相手は挑発しているのだ。ここで激昂しては相手の思うつぼだ）

「拙者、御覧の通り怪我をしたゆえ、この黒田殿が、本日は拙者の代わりに、お相手致す」

と、源蔵は、気分を鎮めるように、数回深く呼吸して後、塾頭に告げた。

「左様か……当方は一向に構わぬが、対戦は勝ち抜き戦。先に三本獲った方が勝ちとさせてもらう」

「そんな話は聞いておらん。三人対三人でそれぞれ一度ずつ立ち合い、三回のうち二度勝った側が勝ち……そう合意したではないか」

今になって立ち合い条件の変更を言い出され、源蔵が色をなした。

「貴公ら、約定を交わした主将の佐々木殿が都合により立ち合えなくなったのであろう？　都合により、人を差し替えたのであろう？　こちらの都合も聞いてもらってよいではないか」

「………」

源蔵が、チラと槙之輔を窺った。可否を訊いている――小さく頷き返した。

「では、そのように」

源蔵が塾頭に頷いた――もう後は、立ち合うだけだ。

道場の隅、四人で額を寄せ合い小声で相談した。

森側からの視線が背中に突き刺さる。忘れてはいけない。ここは敵地なのだ。

「相手が、急遽勝ち抜き戦に差し換えてきたのは、頼りになる助っ人を一人しか雇えなかったからではありますまいか」

槙之輔も、源蔵と同意見だ。凄腕の助っ人は一人きり。彼を前面に押し立て、須崎側を次々と倒してもらえれば、頼りない後続の剣士二人はまったく立ち合わずにすむということだ。

「しかし、これだけの道場が命運を託すほどの剣士だ。助っ人の腕は、相当だと覚悟せねばなりますまいな」

と、黒岩がうつむき加減で呟いた。

「槙之輔様、立ち合う順番の方は如何致しましょうか?」

「ここは源蔵、お前が決めろ」

「されば、勝ち抜き戦で、相手に強豪が一人きりで残りは雑魚と考えられる場合、当方は〝三人で一人を倒す〟と心すべきかと思われます」

相手側の強豪一人を討ち取れば、動揺する「残りの雑魚二人を倒すのは容易だ」と源蔵は読むのだ。

「で、どうする?」

まず源蔵は、味方三人のうちの最強は、やはり槙之輔だと見ている。

「敵の大将格は恐らく最初にでてきましょうから、弥五郎、黒岩の二人には申し訳ないが〝当て馬〟になってもらう」

「当て馬？」

「うむ、敵大将の剣筋を暴いて欲しい。それが無理でも、せめて疲れさせるだけでも有効だ。疲弊した相手の癖を見切った上で、満を持して槙之輔様が立ち合われる……これなら、負けはない」

「その敵の大将だが、初めに出てくるとは限らないだろう。あちらだって〝当て馬〟を先にぶつけてくるやも知れぬ」

と、黒岩が源蔵の言葉を遮った。

「奴は助っ人だ。恐らく法外な金子で雇われておる。雇主の大事な門弟衆を、痛い思いをするのが前提の当て馬には使えまいよ。だから最初に出てくると読んだのだ」

「なるほど」

源蔵は、弥五郎、黒岩、槙之輔の順番を提案したが、黒岩は難色を示した。

「俺を先鋒にしてくれ。源蔵の策によれば、先の者は後の者の当て馬となるのであろう。つまり弱い順に出るということ。悔しいが弥五郎の腕は俺より上だ。俺がまっ先に立ち合い、相手の弱みを引き出す、そうさせてくれ」

「黒岩、言い辛いであろうことをよくぞ申した。望み通り、お前が先鋒で行け」

味方の勝利のために身を挺する——黒岩らしからぬ発言に、心を動かされた槙之輔が思わず命じた。

「はッ」

「源蔵さえよければ、黒岩、弥五郎、俺の順番で参ろうと思うが、どうだ？」

「異論は御座らん」

——かくて衆議は一決した。

（五）

森道場が雇った助っ人は、薩摩藩士であった。そういえば、芝から品川にかけて、幾つも薩摩藩邸が点在している。この界隈は薩摩の縄張なのだ。身の丈六尺四寸（百九十四センチ）の巨漢で、稽古着の袖からのぞく前腕は丸太棒のように太い。なんとも迫力がある。

ただ案の定、後詰めの二人は迫力不足で、あまり強そうには見えなかった。

「槙之輔様、手前、差し違える覚悟で参ります。なあに、あんな薩摩芋、ちっとも怖くない。おい、弥五郎……俺の死に様をよく見ておけよ」

「し、死に様って……」

「黒岩、無理をするな。お前の役目は、言わば偵察だ。ちゃんと生きて帰って報告せよ」

「アハハ、偵察より当て馬の方が、手前には性に合っておりまする」

と、引き攣った笑顔を残し、黒岩は一人道場の中央へ進みでて行った。

「須崎家浪人、黒岩子太郎」

「薩摩藩士、恩田左内」

「なに、本多だと？」

と、声に出して呟いた。父の死の真相に関わる姓が出たので、思わず反応してしまったのだ。

「いえ、恩田に御座います。か奴の名は〝恩田左内〟に御座います」

傍らから弥五郎が、小声で訂正してくれた。〝ほんだ〟と〝おんだ〟を聞き違えたらしい。どうも槙之輔、本多姓に対し、過敏になり過ぎている。

（や、〝おんだ〟と〝ほんだ〟を聞き間違えるのだから「本多の恨み」も、はたしてその通りだったのか、怪しいものだ）

五年前の菊の間は、流血の修羅場だったのだ。怯えた茶坊主が聞き間違えたとしても不思議はない。

（本多姓ではなく他の姓……例えば「恩田の恨み」とか「本間の恨み」とかであった可能性も……そうそう、本間姓なら仙衛門がおるではないか！）

「はじめッ」

審判というような者はいない。塾頭の青木十兵衛が開始を宣言するだけで、後は双方が武士の矜持のみを規範として叩き合うだけだ。片方が死ぬか、動けなくなるか、敗北を認めるまで立ち合いは続く。

開始早々、黒岩は、恩田に体力で押しまくられた。「チェスト――」と薩摩示現流独特の気合で斬り下げてくる。「立ち木打ち」といって木の幹を木剣で叩いて鍛錬をつむらしい。

ボクッ！

振り下ろされた恩田の木刀が、それを受け流そうとした黒岩の木刀を弾き飛ばし、右上膊部を強打したのだ。

(もろに入ったな……骨に別状がなければいいが)

黒岩は数歩退(しりぞ)き、呼吸を整える。痛みに顔をしかめている。

「チェイスト――――」

恩田が止めを刺そうと打ち込んできた。黒岩はいなして逃げるだけ。防戦一方だ。今や、黒岩の顔には怖れの表情が現れている。彼我(ひが)の力量差を実感し、抗(あらが)いようのない敵を前に、絶望しているようにも見えた。

ガツッ！

今度は左わき腹に入ったようだ。「ウッ」とうめいて黒岩が転がった。恩田が突っ込んでくる。

「立て、黒岩！」

思わず叫んでしまった。黒岩は、槙之輔の声に反応、発条(ばね)仕掛けのように跳び起き、かろうじて恩田の木剣を受け流した。

黒岩がチラと槙之輔を見た。そして次に彼は、弥五郎を睨んだのである。弥五郎が見ていることを確認したかのようでもあった。

「黒岩、なにをする気だ？」

傍らで源蔵が心配そうに呟いた。

恩田は上段に構えている。幼い頃から立ち木を叩いて修行してきたのだ。今度こそ、黒岩の頭骨か肋骨（ろっこつ）を叩き割るつもりでいるのだろう。

一方の黒岩は中段——それも正眼であり、相手の喉を狙っている。その目が異様に光り始めた。これはもう、恐れの表情ではない。

（黒岩の奴……まさか、本当に死ぬ気か？）

「チェスト——————」

と、振り下ろされた木刀を、黒岩は一切避けなかった。いなしもしない。受け流すこともない。そのままの体勢で平然と額を打たれた。しかし、打たれながらも木刀だけは前に突き出したのだ。

ガッ！

黒岩の額で鈍い音がし、パッと血が噴き出したのと同時——黒岩渾身（こんしん）の突きを喉に受けた恩田左内は、道場の端（はし）まで吹っ飛んで壁に激突、そのままのびてしまった。

「そ、そこまでッ！」

青木塾頭が立ち合いを止めた。森道場の門弟たちが一斉に恩田へと駆け寄る。

槙之輔と弥五郎は、道場中央で額から血を吹き、大の字に横たわる黒岩に駆けよった。白目を剝き、わずかに痙攣している。

「医者を。医者を呼んで下され！」

と、槙之輔は叫んだが誰もこちらを見ようとしない。

「おい、聞こえないのか！」

元家臣が血を噴くのを見せつけられて癇癪が起き始めていた。

「貴様ら道場破りに、医者なんぞを呼んでやるいわれはない！」

「なにッ」

と、激昂して跳びあがり、向き直った目の先にいたのは——若い娘だった。

美しくはあるが、歳の頃は二十代半ば——この時代では年増の部類に入る。

「落ち着いて下さいまし。そちらの御方も、ちゃんと医師にお見せしますので」

「………」

「誰か、舞良戸を外して、こちらの方を私の部屋に運んで下さい」

数名の門弟が動き、弥五郎と共に黒岩を板戸に乗せて運んで去った。娘は槙之輔に会釈して黒岩たちの後を追った。

黒岩が運ばれていくのを見送った後、周囲を見回すと、ポツネンと座っている青木塾頭と目が合った。その青木が、サッと目線を逸らす。

（この卑怯者が……）

間髪を容れずに問い質した。

「今の勝負、如何に？」

「これは、ま、引き分けで御座ろうな。双方立てなんだのだからな」

（引き分けで十分だ。こちらには俺と弥五郎が残っている。相手には青褪めてうずくまる弱そうな門弟が二人きり……勝負はもらった）

「さあ、立ち合いを続けましょう」

「暫時休憩ということに致しませぬか？」

青木塾頭はあきらかに困惑している。

「槙之輔様……」

背後から源蔵が袖を引いた。

「ん？」

「時間稼ぎに御座います。さきほど、青木が数名に耳打ちし、早速彼らは表へと消えました。恐らく新たな助っ人を呼びに行く算段かと」

と、囁いた。

切羽詰まって、金額で折り合えなかった別の助っ人に今一度声をかけ、今度は言い値で来てもらうつもりなのかもしれない。

「や、当道場としては、どうしても待っていただかなくては困る」

「どうして？」

「今の立ち合い、双方ともに大怪我の様子。医師に見せ、安全を確認した上でなくては始めるわけには参らぬ」

「ハハハ、医師が危険だと申せば、立ち合いを止めるのか？　逃げるのか？」

「逃げはせぬ！　例え危険でも立ち合いは続ける」

「ならばどちらに転んでも〝やる〟のではないか。さ、始めようぞ」

槙之輔の鋭い舌鋒に、青木塾頭の困惑顔が、段々深刻さを増している。

「……や、神聖な道場が血で穢れたゆえ、まず掃除をさせまする。立ち合いはその後に」

「な、なんだと！」

遂に癇癪が抑えきれなくなり、もの凄い形相でドンと一歩踏み出した。

「ひッ」

塾頭が怯え、手で顔を覆う。

（なんだ、こいつは……それでも兵法者か！）

「ま、勝手にされよ」

と、塾頭の意気地のなさに呆れ果て、頷いた。

四半刻もせぬうちに、門弟たちが小柄な男を連れて帰ってきた。歳の頃は三十歳ばかり。総髪に羽織袴、医師にも見えるが二刀をりゅうと佩びている。

「武州浪人、服部小吉」

と、男は名乗った。よく見れば目つきが只者ではない。人間離れしている。あえていえば、信州の山奥に棲息するオオカミに似ている。

(飢狼の群れという言葉があるが、オオカミは一頭でもオオカミだ。野犬なぞとは根性が違う。こやつ、なめてかからぬ方がよさそうだな)

「弥五郎、順番を換えてくれ。次は俺が出る」

「え、なぜに御座います?」

「新たな助っ人は、俺向きの相手なんだ。ほら見てみろ、人間離れしてるだろ」

「………」

餅は餅屋という。飢狼を相手にするなら猟人の方がいい。

あえて、黒岩の使っていた木剣をとり、数回素振りをくれた。気合が入っているからか、ほとんど木刀の重さを感じない。切っ先がヒュンと空を切った——調子は、いい。

「はじめッ!」

塾頭の声が響き、槙之輔は飢狼と向き合った。

慎重に十分な間合いをとる。双方が中段にかまえた。切っ先はまだ離れている。

一瞬、飢狼が踏み込むと同時に、切っ先で切っ先を弾き、槙之輔の籠手を叩きにきた。

(は、速いな)

からだをいなして空を切らせ、そのまま上から敵の籠手を叩こうとしたが、もう飢狼は二間近くも離れている。

(足で稼ぐ剣術か……なにしろ速い。足さばきが尋常でなく速く、巧いのだ。奴が動くのを見てから反応していては、後手を踏むことになる)

気付けば、もうそこに踏み込んできている。危うく体をかわす——敵の切っ先が顔をかすめ「ブン」と鳴った。

(このままじゃ、いずれやられるな……ま、相手を人とは思わぬことだ。奴はオオカミ、森の獣だ)

形勢不利な槙之輔、信州須崎の山中で、クマやイノシシと渡り合った記憶を脳裏に蘇らせていた。

猟の師であり、母方の祖父でもあった山爺の猟法は特殊だった。

獣を狙うとき、山爺は動かなくなる。息をこらし、目は半眼、気配を消す。あたかも自分が命のない岩になったように思い込む。完全に思い込めば、岩になりきれるというのだ。

「まったく気配を消せれば、獣は一瞬、ヒトの姿が見えんようになります。『あれ、おらんぞ、どこだ？』と集中が途切れる。隙ができる。そこを撃つ……これぞ爺の『岩化け殺法』に御座います る」

――との山爺の言葉に従い、今まで幾度となく窮地（きゅうち）を脱したり、狡猾（こうかつ）な大物を仕留めたりしてきたものだ。但（ただ）し、今回の相手はクマやイノシシではなく人間である。

槙之輔は動きを止めた。木刀を下げ、力を抜く。まるで無防備にも見える。目は半眼だ。薄目でボンヤリと見ることで、相手の「動きのみ」が見えるようになった。敵の目つき、顔つき、陽動などの不必要な情報に惑わされることなく、一瞬で〝真実の動き〟のみを見切るのだ。

「エイヤッ」

飢狼が、鋭い掛け声で威嚇してきた。

槙之輔は半眼のままだ。動かない。

わずかな肩の動きでそれを予見した槙之輔は大きく右へ跳び、突っ込んできた飢狼の前腕を上から強かに叩いた。

ボクッ！

「ぎゃッ！」

これは文句なし。真剣の勝負であれば、刀を握ったままの飢狼浪人の両腕を叩き切っている。

「し、勝負あり」

三人目の門弟は闘わずして、平伏した。

「もう、この道場に漢は、侍は、おられぬのかな？ ワハハハハハ」

と、弥五郎に支えられた源蔵が挑発しても皆俯くばかり――塾頭の青木十兵衛が楚々と進み出た。如才なく源蔵と弥五郎を奥の座敷へと招き入れる。ここで「お稽古代」という名目の口止め料を頂いた上で、早々に退散するのが道場破りの「たしなみ」というものである。しかし今回、源蔵も弥五郎も、勿論負傷した黒岩も、なかなか戻っては来なかった。

十日ほど後、深川下屋敷を、頭に晒を巻いた黒岩が訪れた。黒岩の話は驚くべきものだった。

「槙之輔様……実は手前、森道場の婿になることになりまして御座います」

「ん？」

話の趣旨がトンと見えない。

「ですから、婿養子として森家に入ることとなりまして御座います」

「婿に？」

「道場主森小熊殿の一人娘・喜久枝殿に見初められまして御座います」

「喜久枝とは、あの折、お前を舞良戸に乗せて運ばせた娘か？」

「御意ッ」

「あの娘が、お前を……その、つまり、見初めたと申すのか？」

「御意ッ」

「さ、左様か……」

大概の事情は飲みこめた。黒岩が美男であることはすでに幾度か述べた。

彼の看病をするうち、その喜久枝とかいう娘は「こんな美しい男と夫婦になりたい」と思ったのだという。剣技は兎も角、根性は相当なものだ。後から聞けば、件の恩田左内は、薩摩示現流の免許皆伝で、江戸薩摩藩邸随一の使い手であったらしい。それと立ち合って相打ちに持ち込んだのだ。森道場の婿としての資格も充分である由。

「……」

事情は飲みこめたが、なかなか言葉が出てこない。どう、なにを言うべきなのか見当もつかなかったのだ。黒岩の顔を見つめたまま、しばらく黙っていた。

「ですから、道場破りに入って、婿にさせられる……ま、よくある話で御座いますよ」

との黒岩の言葉に、当然「そのような話、聞いたことがないぞ！」と、心中で反駁した。

本当は、正々堂々の勝負で服部小吉を倒した槙之輔を「婿に」と道場主は考えたようだが「顔に斑があるような下品な男はいや」「それになにやら獣のような趣で、武士としての気品を感じられない」と喜久枝の方で拒絶した由。

（ま、斑？　獣？　え、えらい、言われようだな）

勿論、斑は炭の洗い残しであろう。獣の趣は多分、幼少期からの習い性だ。

ただ、この話、決して悪くはない。

黒岩が主に収まれば、この大道場が、浪人者として所在なく暮す元藩士たちの収容場所になる。源蔵や自分の目の届く範囲に彼等をおいておけるではないか。

「黒岩、よい話ではないか！　めでたい話ではないか！」

「は、はァ……」

黒岩子太郎、森家の婿に入り、以降は「森子太郎」と名乗ることとなった。

第三章　綾乃（あやの）の縁談

（一）

鴻上伊勢守と正室の徳子（のりこ）が深川を訪れたのは、文政七年（一八二四）の暮れのことであった。下屋敷母屋（おもや）の書院上の間で、槙之輔は熨斗目（のしめ）に半裃（はんがみしも）をつけた正装で伯母夫婦を迎えた。大寒（だいかん）が過ぎたばかりで、今が一番寒い時季だ。弥五郎に言って、熨斗目は綿入れにしてもらっている。

大和鴻上藩十一万石の太守（たいしゅ）鴻上伊勢守は槙之輔から見て、義理の伯父（おじ）にあたる。

父の実姉徳子が正妻として鴻上家に嫁（か）したのは、槙之輔が生まれるはるか以前、もう三十五年も前のことだ。

夫婦に子はできなかったが、伊勢守は三人の側室との間に、計八人の子をもうけた。徳子にすれば、内心忸怩たる思いであったろう。

しかし、徳子は大変聡明な女性であったから、寛容な正妻として振る舞い、三人の側室と義理の子供たちをよく手なずけた。皆を公正公平に扱い、真摯な態度で相談に乗り、ときに出過ぎた者を叱る――今では鴻上藩江戸藩邸の女主人として、筆頭家老ですら「奥方様の御意向を踏まえずに政務は執れぬ」と一目置くほどの大きな存在となっている。

「姉は確かに真心のある優しい女性だ。しかし、それだけのお方ではないぞ」

生前父は、徳子の生き様を手本とするよう幾度も槙之輔に諭した。

大名の後宮において、正妻に子がなく、側室三人にそれぞれ男子がいる場合、跡目や家督をめぐって骨肉の争いに発展することも多い。伊勢守の後宮が今のように静穏なのは、ひとえに徳子の身の処し方が見事であったから――と父はいうのだ。

「姉にも私心はある。無私な聖人ではない。しかし、姉はそれを決して表には出さぬ。常に無私を装い、自分のことは二の次、三の次とする」

徳子は徹頭徹尾、鴻上藩や伊勢守、他人が産んだ子である世子の左馬之助の利益を優先させる態度を貫いた。結果、彼女の言葉には正統性が与えられ、厳しい叱責にも、人は恨むことなく素直に従うようになったのである。

三人の側室が互いに競い合うことを止め、実の姉妹のように仲睦まじく暮らせているのは、無私の存在たる徳子が、三人の頭上に重しとして乗っているからに他ならない。

「これぞ人の上に立つ者の要諦。お前が名君となるために、姉から学ぶことはただの一つじゃ。無私を装うことで、複数の目下の者を統べよ……つまり、そういうことじゃ」

「御意ッ」

――なぞと、亡父との会話を思い出しながら、槙之輔は伯母の前で平伏した。伯母と会うのは、御預人として下屋敷に入る直前、愛宕下の鴻上藩上屋敷で挨拶して以来、五年ぶりだ。

「槙之輔殿、息災でありましたか？」

「はッ、お陰さまにて」

今回夫婦は、伊勢守の三番目の側室が産んだ主税を同道している。主税は、五男三女いる伊勢守の子供の末っ子で、五番目の男児である。元服こそすませたが、まだ十五歳の部屋住み——所謂、厄介。

「随分と日に焼けておられる御様子じゃが……やっておられるのか？」

伊勢守はそういって銃を撃つ真似をしてみせ、ニヤリと笑った。

「伊勢守様の御温情を持ちまして、御庭を拝借、いささかやらせて頂いておりまする。寒の時季となり、鳥に脂がのってまいっております。この後、野鳥の料理をご用意いたしておりまする」

「貴公が撃たれた鳥か？」

「御意ッ」

「それは楽しみじゃ。酒もあるのか？」

「殿……」

酒と聞いて徳子が露骨に顔をしかめた。伊勢守は肥満がすすみ、卒中を案じる侍医から過度な飲酒を止められている。伯母は日頃より酒を「馬鹿水」と呼んで嫌悪していた。徳子が槙之輔を殊の外可愛がってくれるのは、槙之輔が下戸であることとも無関係ではあるまい。

「手前は不調法なもので、岡村幸太夫殿に銘酒を御用意頂いております」

伊勢守が食道楽であり、また無類の酒好きであることは幸太夫から聞いていた。槙之輔としては、御預人の暮らしが窮屈にならぬよう心を砕いてくれている伊勢守への感謝の印として、せめて自ら獲った獲物で歓待しようと思っている。

「おお、岡村幸太夫か……大した才人でもないゆえ、槙之輔殿には御不満も多かろうな？」

「とんでも御座いません。仲良くやらせて頂いております」

「悪い男ではないし、のんびりしておるところが、寧ろ現在の貴公の境遇には合っておろうかと考えてのう」

「御配慮、恐れ入りまする」

「ま、御自分の家臣と思い、気楽に追い使ってやって下され」

「槙之輔、恐悦至極に存じます」

と、改めて平伏した。

御預人の扱いは、預かった藩に一任――が建前である。しかし、御預人の居住環境、外部との連絡、移動や外出など、大きな待遇に関して、後日幕府からの譴責を受けたくない各藩は、一々老中へ「お伺い」を立てるのが通例であった。

「〇〇をさせたく思いますが、如何致しましょうか？」

「△△と申しておりますが、如何致しましょうか？」

　しかし、老中はなかなかハキとは応えてくれない。「勝手次第」などと、露骨に下駄を預けて来る。要は、誰も責任を負いたくないのだ。

　座敷牢に押し込めて鍵をかけておけば「緩い」との譴責は受けぬが、「酷い」との誹りを受ける。さりとて、自由気儘に外出を許せば「酷い」とは言われぬ代わりに「緩い」と責められよう。

「どう遇してよいのか……よう分からぬ」

　が、預かった各藩の本音だったようだ。

　その点、槙之輔のように、親族の家へ預けられるのは、明らかに「罪が重くない」場合か「同情が集まっている」場合なのである。御預人の待遇が多少とも緩くなるのは承知の上なのだ。

　事件当時、幕閣内で須崎藩の改易処分は「ちと、やり過ぎ」との声が多かったのは事実である。

「安房守が抜刀応戦せなんだのは、殿中での闘争が御法度だからじゃ」

「喧嘩両成敗と申すが、あれはそもそも喧嘩とは呼べぬ。乱心者が一方的に暴れただけではないか！」

　——一々正論ではある。公方様の御意向が「安房は見苦しい」の一辺倒だったので処分はくつがえらなかったものの、それだけ同情の声は大きかったのだ。

結果、伊勢守も批判を怖れず、槙之輔に大きな自由を与えることが出来ている
という次第。いずれにせよ、槙之輔としては伯父夫婦に感謝なのである。

「これはこれは伊勢守様、奥方様、ようお越しくださいました」

弾んだ煌びやかな声と共に、綾乃を連れた加代が廊下にうずくまった。

鴇色の掛下に、花萌黄の打掛をはおっている。反対色だが、ともに淡色で殺し合うこともなく、艶やかに若々しく見える。

対して、綾乃は掛下も打掛も水浅葱の同色だ。色味自体は明るく美しいが、やはり色の対比による派手さには欠けた。

(義母上らしい。貴人の前に出るときは無意識のうちに、実の娘とでも女としての艶を張り合ってしまわれるのだ)

加代が、綾乃の衣装にあれこれと差出口することを槙之輔は知っている。自分の衣装との色被り、自分より見栄えがすることを加代は絶対に許さない。

(良し悪しではない。もうお若い時分からの習い性なのだ)

むしろ奇妙に感じるのは、綾乃の母に対する従順さの方であろう。綾乃は典型的な外柔内剛型の女性である。気が強く、ときに頑固でさえある。その手の女

性が母親に対してだけなぜに、かくも従順なのか。

「綾乃は、母上の申されることにはなんでも頷く……親孝行なよい娘だな」

と、かつて冗談半分、遠回しに水を向けたことがあった。

綾乃は少し気分を害した様子で、押し黙ってしまったのだが、しばらく考えてから口を開いた。

「私には、母が下屋敷での暮らしに倦み、『この屋敷をでる』と言い出されるのが一番困るのです」

せめて娘ぐらいは従順で、言うことをよくきいていれば、母が不満をかこつことも少ないだろう——そう考えて従順に振る舞っているだけだ、というのだ。

「なるほど」

一応、そうは応えたが、疑問も残る。

（どうしてこの屋敷を出ることが、綾乃にとって『一番困ること』になるのだろう？　ここを出てもあれだけの美人母娘だ。どこにでも引き受け先はあるであろうに）

ただ、それを再質問する勇気が槙之輔にはなかった。美しい義妹から愁いをおびた目でジッと見つめられていたし、「それをここで訊くのはまずい」と、心の声も制止したからだ。

――さて、下屋敷の書院上の間である。

加代の登場により、殺風景な下屋敷の書院上の間が、明るい輝きを放ちはじめたのは事実だ。加代のような女性は、いうならば「存在自体が華」なのであろう。その美貌には、惰気とか陰気とかいうものを、薙ぎ払う力があるようだ。

「これは寶顕院殿、いや驚きじゃ。実にお美しい。のう奥……美しいのう」

「左様に御座いますねェ。寶顕院様は御歳をお召しにならぬようじゃ。いつまでもお若い頃のまま……羨ましい」

と、にこやかに答えた伯母の口元――その口角がわずかに下がるのを槙之輔は見逃さなかった。

（ハハハ、伯母上、内心で苛ついておいでになるな）

それはそうだろう。自分の亭主が、弟の後添えを「美しい」と誉め、上機嫌にハシャグ様を見て、機嫌のいい小姑はいまい。

「や、寶顕院殿の美貌もさることながら、奥……この姫君の艶やかさはなんとしたことであろうか」

姫君――当然、綾乃のことである。

「ほんに、母上とはまた違った楚々とした美しさが御座いますなァ」

「えッ、このお二人は、母娘なので御座いますか？」

今まで黙っていた鴻上主税が、辛抱たまらずに口を開く。

「そうじゃ」

「手前はてっきり御姉妹だとばかり……だって母親って、この方、お幾つですか？」

「これ主税殿、不躾ッ！」

徳子が、義理の息子を睨みつけた。なさぬ仲でもこうして厳しく叱れるところが伯母の凄いところである。

「だ、だって奥方様……なんぼなんでも」

「まあまあ主税様、おからかいになられては困りまする。妾はもう三十六の婆アに御座いますよ、オホホホホホ」

「さ、さ、三十六！」

と、今度は父と倅が同時に驚嘆の声をあげた。徳子伯母、思わず瞑目した。

「父上、さ、三十六と申せば、わが母と同い年では御座いませぬか！」

「う、うむ……驚きじゃのう。さ、三十六か……三十六ね」

三十六歳といっても現代のそれとは違う。

この時代の女性は──勿論、男性も同様だが──老化が早かった。大奥では三十歳で〝お褥下がり〟となり、将軍との同衾が禁じられたほどである。

槙之輔は伯母に同情していた。

なんでも思ったことをすぐ口にだしてしまう率直な──というよりも「少々頭の軽い」主税と、好人物だがやや好色漢の伊勢守が、そろって加代の色香に惑わされてしまった。

父子雁首を並べて完全にやに下がっている。

しかし、ここで簡単に苛つきをみせるようでは、賢夫人の名がすたるというものだ。苛つく心を抑え、平静を装うとする伯母の葛藤が直に伝わり、槙之輔は笑いをこらえるのに必死だった。

ふと、綾乃と目が合った。が、彼女はすぐに槙之輔から目線を逸らした。

「？」

少し変だ。綾乃の目は怯えている風にも見えた。なにが怖いのだろう？　心配事があるのか？

不安になって、その後も幾度か綾乃を見たのだが、彼女は決して槙之輔と目をあわせようとはしなかった。

しばらくして、女性たちは書院上の間を辞した。

徳子が、加代と綾乃が「難儀をしているだろう」と持参してくれた、膨大な量の古着類を見にいくことになったのである。加代に〝悩殺されっぱなし〟の主税もフラフラと女たちの後をついて行ったから、上の間は、槙之輔と伊勢守のふたりきりになってしまった。

「で、槙之輔殿……本日、徳子まで連れて参ったのには仔細が御座った」

「はい」

「綾乃殿じゃ」

少し意外だった。話題の中心はほとんど加代で、綾乃の話などまったくでなかったからだ。

「妹がなにか？」

「今年十八になるな？」

「御意」

「どこか縁談でもあるのか？」

「いえいえ。兄がこのような体たらくで御座いますれば、縁談などはなかなか御座いません」

「うん、確かに今のままでは良縁は難しかろう。で、徳子とも話し合ったのだが、愛宕下の上屋敷に住まわせ、ワシの養女とすれば、あれほどの美貌ゆえ、必ず大名家に嫁がせることが出来ると思うが、如何じゃ？」

「…………」

——当惑していた。しかし、綾乃の将来を思えば願ってもない話である。

「どうした、不満か？」

「いえ、身に余るほどの良いお話に御座います」

と、伯父に平伏した。

「実はな、あてがあるのじゃ」

「あてが？」

「水戸七代藩主徳川治紀（はるとし）様の御三男で虎三郎（とらさぶろう）様……寛政（かんせい）十二年（一八〇〇）のお生まれと聞くゆえ、今年で二十五か？　文武の道に優れ、健康。しかも美男とうけたまわる」

一方、水戸八代藩主徳川斉脩（なりのぶ）公は病弱で、子宝にもめぐまれておらぬ由。

御三家の若様が、二十五の歳まで養子にも婿にも行っていない理由がここにあった。藩主が病弱で跡継ぎがいないのである。つまり虎三郎は、兄の控えとして、いざという時の藩主候補として、部屋住みのままに残されていた、というわけだ。ただ逆から言えば、今は例え部屋住みでも、近い将来、水戸藩主になる可能性があるということにもなる。

「どうじゃ槙之輔殿、なかなかの良縁であろう?」

「御意ッ」

複雑な思いがなくもないが、ここは頷くしかなかった。

相手は御三家の御曹司である。例え斉脩公に子ができ、虎三郎が水戸三十五万石を継げなくとも、将来的にはどこぞに城と領国を与えられることになるだろう。綾乃は大名の奥方に——悪くても側室になれるのだ。兄として、これほどの良縁を断る謂れはなかった。

(ああ、なるほどこれか……これだったのか)

ふと思い当たった。

最前、綾乃はなにかに怯えていた。女性特有の勘働きで、こういう仕儀を予感したのかも知れない。

（勿体ないほど、よい話なのだが）

槙之輔には、綾乃がこの話を拒絶するように思えてならなかった。

（二）

槙之輔が供したささやかな酒肴を堪能した後、伊勢守夫婦は主税を伴い、上機嫌で帰って行った。

その夜槙之輔は、半裃姿のままで、伊勢守の養女話を、ありのままに、出来るだけ感情をこめないように気をくばりながら、加代と綾乃に伝えた。

二人とも水戸虎三郎のことは知らない様子だったが、兄の水戸家藩主が病弱で子もないと聞いた途端、加代の目の色が変わった。

「御病弱の上、御世継ぎもおられぬ……虎三郎様の他に御兄弟は？」

「おられまするが、既にそれぞれ他家へ婿や養子に入られておられます」

「では、事実上の水戸家世子ではないか。ただ、その虎三郎様がもし、本当に水戸藩主におなりになるのなら、なかなか正室というわけには参りませぬな」

御三家当主の正室ともなれば、京のやんごとなき御家の姫君を迎えることが多い。ましてや水戸家は、二代光圀公以来の尊皇の家である。畏き辺りとの血脈を所望されるのではあるまいか。

「しかし綾乃、三十五万石の太守に嫁げるのであれば我儘は許されぬ。例え側室でも満足せねばなりませぬぞ」

「……」

綾乃は返事をしない。

「そなた、側室では不満と申すか？」

綾乃は背筋を伸ばし、正面を見据えて微動だにしない。

時折、槙之輔にチラと一瞥をくれるのだが、その目のなんと冷たいことか。強い憤りと、不満、怒りがこめられており、それらはすべて槙之輔に向けられているのは明白だ。彼は、妹の目を直視することができなかった。

（お、俺は兄として、妹によい縁談を伝えているだけだ。その兄が、どうして恨まれねばならない？　これでよいのだ。俺は間違ったことはしていない）

と、心中では反駁したが、自分で自分の嘘には気付いている。毫も綾乃の怒りを「おかしい」とは思っていない。妹の怒りは――裏切りへの憤怒は――十分に理解できていた。

「兄上は、どのようにお考えなのですか？」

綾乃が槙之輔の考えを質(ただ)した。声までが冷たい。まるで別人のようだ。

「お、俺は……」

槍でも鉄砲でも倒せない、女の妄念(もうねん)がこもった空恐ろしい目で睨まれ、槙之輔は一瞬言葉を失った。

「綾乃、おやめなさい。埒(らち)もない。槙之輔殿は大歓迎に決まっているではないか。御三家水戸様との御縁ができれば、須崎家再興はもう成ったも同然……のう槙之輔殿、そうじゃな？」

「……」

「槙之輔殿ッ！」

「ぎ、御意」

と、思わず義母に向かい平伏した——慌てて顔をあげ、綾乃を探したが、もうそこに彼女の姿はなかった。槙之輔が平伏すると同時に席をたち、自室へ引き上げてしまっていたのだ。

「うろたえるでない槙之輔殿！」

義妹の後を追おうと立ち上がりかけた槙之輔を、義母が怒鳴りつけた。

「そもそも、貴方がた二人はいずこに参られようとされているのか！　その先になにかあるのですか？　おぞましい不毛の荒野が広がっているだけではないのか！」

片膝をついた姿勢のままで義母を見た。袴の中で膝がガクガクと震えている。わずか十歳で二十貫（七十五キロ）のクマを獲ったときにも、槙之輔の膝は震えたりはしなかった。

脳裏に、日の射さない裏長屋で、侘しく暮らす元家臣たちの姿が蘇る。寂し気に笑う父の面影――乱心者に刺殺された恐怖と怒り。失禁を笑われる無念。父の墓前に「須崎家再興」の報告をすること以外、槙之輔に孝養の道はない。

身近には武士をすて、下男に身を落としても、槙之輔に付き従ってくれた忠義の弥五郎がいる。須崎家が再興されれば、彼を士分に、それも上士に取り立ててやることができるのだ。そんな多くの人々の幸福を、願いを、己が感情――それも妹に恋するという不道徳な想いのために、踏みにじってよいはずがない。

（綾乃、許してくれ……俺は一人の男である前に、元須崎藩の世子たらねばならぬのだ）

槙之輔は、袴の膝裏をポンと叩き、座り直した。一度大きく息を吐いてから、義母の目を見つめた。

「義母上、私の悲願はどこまでも須崎家の再興に御座る。私の振る舞いに関して、御懸念は一切無用に御座います」

「それでよい。それでよいのじゃ、槙之輔殿……綾乃はあれで賢い娘、あの子も道理はわきまえておるはずです」

そういって頷いた義母の目も潤んでいる。槙之輔は黙って畳上に平伏した。

翌日、一人の珍客が深川下屋敷を訪れた。

驚いたことに、渦中の水戸虎三郎本人であった。

「や、葛西筋で鷹を放った帰途に御座る。大変に不躾だとは思いましたが、喉がカラカラに渇いたゆえ、湯でも所望しようと思いましてな」

狩衣のまま、廊下に腰かけた快活そうな若者――徳川虎三郎、その人である。

十人ほどの供廻りは門前に待たせ、小姓らしき武士一人を伴い邸内に、それも迷わず西ノ館へズカズカと入ってきた。

ちなみに〝葛西筋の鷹場〟とは、現在の江戸川区南部にあった広大な狩猟場をさす。鷹狩りを好んだ八代吉宗公以来、将軍とその一族は、小松川を拠点として葛西の鷹場で度々遊んだ。

　槙之輔は、傍らに控える幸太夫に「綾乃に茶を持ってこさせよ」と耳打ちし、一人廊下に畏まった。小袖の着流しに、羽織をはおっているだけ。袴をつけていないが、本日の虎三郎はお忍びではあるし、急な来訪なので「構わないだろう。待たせるよりはいい」と判断した。

「須崎殿に御座るか？」

「はッ、お初にお目にかかります。須崎槙之輔に御座います」

と、改めて平伏した。相手は部屋住みの身とはいえ御三家の御曹司である。さらには将来的に水戸家の主となる資格をもつお方だ。御預人の槙之輔とは身分が違う。

「広大なお庭に御座るなァ」

　虎三郎は、下屋敷の荒れ放題の庭を見回しながら槙之輔に微笑みかけた。

　驚くほどに歯が白く、日焼けした顔によく映えている。容貌秀麗な快男児といっていい。槙之輔、正直なところあまり面白くない。虎三郎が、あばた面の太った小男であればどれほど心が和んだかしれない。

「ここなら鳥や獣も多いのでは御座らぬか？」

「さあ、如何で御座いましょうか」

「貴公、狩りはお嫌いか？」

「以前は手慰み(てなぐさみ)も致しましたが、現在は預人の身にて、読書三昧(ざんまい)に御座います」

手慰みどころか、猟で一家を養っているに等しい。大嘘であるが、御預人に狩猟を許している事実が露見すると、伊勢守に迷惑がかかることになる。

「それにしては、日に焼けておられるようだが？」

「体がなまっていけませぬので、日々庭で木剣を振っておりまする」

「……なるほど。それは、よいお心がけだな」

と、御座成りに返しながら、手にした鞭(むち)をもてあそんでいる。苛(いら)ついているのがよく分かる。

（かなり癇(かん)の強い男だ。容貌にも、言葉にも、態度にもそれが出ている。乱世ならば英雄の相と呼ばれるだろう。俺も実は相当な癇癪持ちだが、俺の場合、若い頃から自制を学んだからな。この虎三郎のように、己が本性を相手に気取(けど)られることはまったく……ま、あまりないはずだ）

幸太夫が日頃「槙之輔様は老成しておられる」と笑う所以(ゆえん)であろう。事実、伊勢守や徳子伯母、幸太夫以下の下屋敷の奉公人たちからまで槙之輔は「温厚で、穏やかな元若殿様」との印象を持たれているはずだ。

小袖の裾が、廊下を曳く音がシズシズと近づいてきた。

綾乃である。槙之輔が元若殿様ならば、綾乃は正真正銘の元姫君なのだ。しかし、兄が貧しいばかりに、現状、女奉公人は老女が一人いるだけに過ぎない。洗濯や拭き掃除などはさすがにやらせないが、簡単な家事は自らやるのである。だから普段は帯の下にお端折りをし、小袖は短く着付けて暮らしている。

それが今日はどうだ。随分長めの着付けで裾を曳いている。大方、加代の指図なのだろう。綾乃は容貌こそ母親似ではないが、優美な姿を母から受け継いだ。すらりと背が高く、腰高――小袖の裾を曳き、茶器を奉って歩く姿をみれば、男なら誰しも魅せられるであろう。

「あの女性が……い、妹御に御座るか？」

綾乃に見とれた虎三郎、囁く声が上ずっている。

（この男、癇が強いだけでなく、かなり好色とみた……お、今、生唾を飲みこんだな、この助平が。駄目だ。俺は、この男がすかん！）

「御意ッ」

内心で辟易しながらも、ひたすら妹の幸せを願う兄が、笑顔で頷いた。

そのまた翌日にも来客が続いた。今度は元江戸留守居役の本間仙衛門が訪ねてきたのだ。

三日続けて槙之輔に客があるなど、絶えて久しいことである。

(どうせ俺のことではない。大方、水戸家と綾乃の縁談絡みだ)

と、高をくくり、心中で自嘲した。

居間で元若殿様に平伏した仙衛門、顔をあげるといきなり破顔一笑——元家老、極めて上機嫌だ。

「おめでとう御座います。須崎家にも漸くもって運が巡ってまいりまして御座いますな」

「仙衛門……まだまだ決まった話ではないぞ。祝辞は気が早い」

と、冗談めかしてたしなめた。

本音をいえば色々と思うところもあり、心中は相当複雑なのだが、仮にも兄が「輿入れに不満」と思われてはならない。例え元家臣の仙衛門相手でも、できるだけにこやかに、嬉しそうに話すべきだ。槙之輔の個人的な感想などはこの際どうでもいい。この件は須崎家にとって、あくまでも慶事なのだから。

「おや、槙之輔様、御存知でしたか?」

「そちこそ、どこから聞いた?」

「手前は昨日、御老中松平右京大夫様に呼ばれ、御屋敷に伺候致しまして……その折に、はい」

(伊勢守様、御老中を巻き込まれる算段か……たかが側室を大名家の後宮にあげるだけではないか、随分と大仰だが……ま、そのくらい慎重である方がいいのであろうなァ)

「なにせあの美貌……嚢中の錐では御座いませぬが、傾城の噂はすぐに広まる。隠せぬもので御座いまするなァ」

仙衛門の悪い癖である。相変わらず勿体ぶった話し様だ。そもそも、ここ数日の槙之輔は機嫌が悪いのだ。

「で、御老中はなんと申されていた?」

「さればで御座る」

御老中の話は、やはり綾乃の縁談についてであった由。ところが、その相手というのが——。

「お、お、尾張様だと! 水戸様の間違いではないのか?」

「や、確かに尾張様で御座います」

「はあ？」

水戸虎三郎とは、まったく別の縁談だったのである。

家斉公の御実弟一橋治国卿の御長男斉朝様――つまり現公方様の甥御にあたるお方である。

去る寛政十年（一七九八）に尾張徳川宗睦公の御養子となり、寛政十二年（一八〇〇）、めでたく八歳で尾張藩主となられた。現在、三十二歳。

その方の側室に綾乃を「どうか？」という話を御老中からされたらしい。

右京大夫としては、御三家筆頭の尾張藩主に美貌の姫をあてがい、斉朝様の歓心を買おうとの腹なのだろう。その実父は御三卿の一橋卿であるし、伯父が公方様なのだから、尾張公に接近した右京大夫の柳営内における権勢は、盤石となるはず。で、綾乃を差し出すことで槙之輔がその片棒を担げば、御褒美として須崎家再興は既に成ったようなもの――と、仙衛門は見るのだ。

「……」

すぐには返答の言葉が出て来なかった。

（こ、こんなことが、実際にあるのだろうか？）

水戸の御曹司の次は、尾張藩主御本人であるという――須崎家には、本当に風が吹いてきているのだろう――あるいは「逆風」、あるいは「嵐」なのかも知れないが。

（三）

「母としては、水戸の三男坊様より尾張中納言様を選ぶべきかと思います」

「あら母上様、なぜに御座います？」

「官位が違う、家格が違う、石高も違う」

槙之輔は、加代と綾乃と三人で、内々の話し合いをもったのだが、評定の冒頭から、母娘は険悪な鍔迫り合いを演じ始めていた。なにしろ、綾乃の機嫌が悪いことこの上ない。

ちなみに、中納言は、尾張藩主徳川斉朝公の官位――厳密には、このときはまだ権中納言である。権中納言は〝中納言見習い〟というほどの意味だ。ただ、尾張藩主は最終的に権大納言までいく。一方、水戸の徳川虎三郎は、まだ部屋住みの身なので無位無官だ。もし彼が将来水戸藩主になることがあっても、水戸藩主は権中納言止まりと慣例上決まっている。

家格は尾張家が親藩大名筆頭であるのに対し、水戸家は、尾張、紀州両家より一段下とみなされた。

石高は尾張藩の六十一万石余、紀州藩の五十五万石余に対し、水戸は三十五万石――それもかなり見栄を張っての公称三十五万石であり、実収は二十八万石ほどであったと言われる。

なぜ、徳川御三家の中で、水戸家ばかりがこのような〝継子あつかい〟を受けたのであろうか？

諸説あるとは思うが――水戸家初代の徳川頼房公（家康の第十一子）は紀州藩を起こした頼宣公（家康の第十男）の同母弟であった。家康には、己が子を「生母単位」で一くくりにして考える癖があり、その伝で行けば、頼房家は頼宣家の「分家」あつかいと格付けされたのではあるまいか――すくなくとも家康はそう考えていた節がある。現に頼房が徳川姓を許されたのは三十四歳のときであり、それまでは松平姓を名乗っていた。頼房の父は正真正銘徳川家康なのであり他家に養子に入ったこともない頼房が、徳川姓を長く許されなかったのは妙だ。やはり家康には「水戸はどうせ分家だから」との気分があったと思う。

はかなり悪い。

　──で、こうしてつぶさに比べると、尾張斉朝と水戸虎三郎とで、後者の旗色
「ただ義母上、水戸様のお話は、伊勢守様がもってこられたのです。我々が尾張公を選べば、伊勢守様はどう思われましょう。我らが世話になっているのは伊勢守様だということを、お忘れになっては困ります」

「それを申すなら、尾張様のお話は、御老中松平右京大夫様からもたらされたもの。我らが究極の目的は須崎家の再興でしょう。須崎家の生殺与奪の権をもっておられるのはどなた？　伊勢守様かしら？」

「それは勿論、御老中に御座います」

「ならば尾張様とお決めなさいまし」

「ただ、義理とか、恩義とか……そういうことも無下にはできませぬ」

「槙之輔殿は、鴻上の伯母上様に良い顔をしたいのかも知れないけれど、その割を食って、御三家筆頭尾張公の御側室をしくじる綾乃の無念も考えてあげて下さいましな」

「………」

「母上、私が無念であると？」

「当然でしょう」

「そもそも私、側室は嫌に御座います。尾張様でも水戸様でも、公方様でも嫌。大名家でなくともよい。嫁ぐなら正室がよう御座います」

「埒もない。どこぞの田舎（いなか）大名の正室と、尾張藩主の側室、どちらが女としての格が上だと思いか？」

「本多の格などは存じませぬ。私は正室がようっ御座います」

「え、〝本多の格〟だと？」

ぼんやりと母娘の口論を聞いていた槙之輔、思わず綾乃に問いただした。

「〝おんなの格〟に御座います！」

義妹が苛つきながら義兄に応えた。

「…………」

例によって槙之輔、〝本多〟という言葉に敏感過ぎる。

（そうか……〝ほんだ〟と聞き違えるのは、なにも人名や姓とは限らないのだな。例えば「おんなの恨み」と叫んだのを「本多の恨み」と聞き違えた……ありえないことではない）

亡き父は、基本的に女好きであった。目の前にいる義母を含め「女出入り」の話は幾つか槙之輔も聞いている。

「つまり、亡き安房守様の側室であった母を、今までそなたは蔑んでおったということか？」

「蔑んでなどおりませぬ。『私は嫌だ』と申し上げているだけです。私がタクアンを嫌いだと申したら、タクアンを食べる人を、皆蔑んだことになるのですか？」

「屁理屈です。詭弁です」

「いえ、道理に御座います」

「そなたは母の生き様を面罵したのです。この親不孝者！」

「母上様こそ、私の祖母のことを陰で『腐れ茄子』と呼んでいたではありませぬか……義理の母でしょう？」

「義理のね……それに、茄子を茄子と呼んでなにが悪い」

どうやら、加代から茄子と呼ばれていたのは、綾乃の実父・酒井藤九郎の母堂であるらしい。ま、嫁が姑のことを『腐れ茄子』と呼んでいたわけだ。

この後、母娘喧嘩は四半刻（三十分）以上も続いたが、機を見て介入し、最後は槙之輔が議論を引き取って収めた。

「私、思いまするに、当家の方から『水戸様がよい』とか『尾張様にする』と決めるわけには参らぬ……そういうことでは御座いますまいか？」

「まあね」

「それはそうですよ。お断りする方に非礼ですもの」

「御意ッ」

名門の両家を天秤にかけることになってはならぬので、今回はどちらのお話も御辞退すべし――これで恨みっこなし。と、槙之輔は提案した。勿論、縁談に興味のない綾乃は支持してくれるのは間違いない。ここからは、綾乃と二人で「どちらかに無礼を働く」ぐらいなら「双方を断るべき」と加代を説得すればよいだけだ。評定は槙之輔が描いた絵図の通りに進んでいた。

加代は御三家との縁組に未練タラタラであったが――。

「ま、次の機会も御座いましょう。尾張様にせよ、水戸様にせよ、御三家のうちの一軒から恨みを買うのは上策とはいえませんものね……女の恨みは恐ろしいと申しますゆえ」

と、最後には折れてくれた。

(〝女の恨み〟か……)

〝本多〟か、〝おんな〟かはさておき、今は父の死の原因は後回しだ。綾乃の件が優先課題だ。

「では、今回のお話……大変に残念では御座いますが、尾張様、水戸様共に、お断りして宜しゅう御座いますな？」

美しい母娘が素直に頷いた。


翌日、早速に仙衛門を下屋敷に呼び寄せた。彼は夕方になって慌ただしくやってきた。

「こ、断る？　尾張中納言様を袖になさるという意味に御座いまするか！」

「仙衛門、大きな声を出すでない。先日申した通り、事情が事情なのだ」

「しかし……」

尾張家と水戸家の両家から同時に縁談話が来て、どちらかに決めると今一方の家に恥をかかせることになる。

「確かに、いささか角が立つやも知れませんなァ」

「であろう。選べんわけさ。だから、両者不戦敗……この策しかなかろう？」

「ま、穏当では御座いますな」

ただ、老中松平右京大夫は、尾張公に美貌の側室を周旋、いい顔をするつもりであったのだろうから、その反応は少し不安であった。

「大丈夫かな?」

「や、御老中も、この特異な事情をお聞きになれば、臍を曲げられることも御座いませんでしょう」

いかな老中とはいえ、御三家である水戸家から恨まれたくはないはずだ。須崎家の判断を「やむを得まい」と理解してくれるはずと仙衛門は予見した。

「で、水戸様の方には、どのような形でお断りを?」

「あ、それはな……」

鴻上の伯母に宛てて手紙を書いた。その手紙を幸太夫に持たせ、上屋敷に届けさせたのだ。もし御三家同士の意地の張り合いにでも発展すれば、水戸家側にたつ鴻上家としても無傷ではいられない。二頭の巨獣が争えば、割を食うのはいつも周囲の小動物なのである。

かくて幸太夫は「槙之輔の判断を是とする徳子の手紙」を持ち帰った。

槙之輔は上機嫌であった。自分の策が面白いように奏功し、そのうえ綾乃が「よその男のものになる」という最悪の事態は避けられたのだから、二重の意味で喜びは大きかった。

それ以来、綾乃の、加代や槙之輔に対する態度も元通りとなり、彼は胸をなでおろした。城内平和が一番有難い。

綾乃は、槙之輔が知恵をめぐらせ、巧妙に縁談を潰(つぶ)してくれたと受け取り、たいそう感謝しているようだ。当初、兄が縁組に対し前向きに見えたのは——つまり、それで彼女は機嫌をそこねていたわけだが——あくまでも表面上のことで、本音では最初から「綾乃は嫁になどやらぬ」と堅く心に決めていたに相違ない、と一人悦(えつ)に浸っていた。

本当のことをいえば、当初槙之輔は途方に暮れていたわけだし、須崎家再興と綾乃の縁談を天秤にかけ、御家再興を優先した事実もあるのだが——いまさら、そのことを馬鹿正直に伝え、あえて彼女を落胆、あるいは激怒させる必要はない。黙っていよう。

ただこの一件「これにて終局」とはならかった。

水戸虎三郎が、毎日のように深川下屋敷に立ち寄るようになったのである。勿論、目当ては綾乃だ。

槙之輔が見切った通り、虎三郎は癇の強い若者で、その上かなりの好色漢であった。独占欲、負けん気がもの凄い。

鴻上伊勢守から、事情は聞いているようなのだが、委細構わず「茶を一杯所望したい」「今日も葛西の帰りで御座る」と図々しく上がり込んでくる。相手は水戸家の御曹司だから、不躾な態度はとれない。槙之輔と綾乃、辟易しながらも対応している。

槙之輔にしてみれば、座談のおり、言葉の端々に「尾張が相手だから、どうだというのだ」との傲慢な態度がほの見えるので冷や汗ものなのだ。

それとなく岡村幸太夫に相談してみた。

「こまりましたなァ……まさか『来るな』とも申せませんしなァ、アハハハ」

「お気楽なお前が羨ましい」

「なんの、手前は槙之輔様ほど老成してはおりませぬゆえ、笑っていないと気鬱で死んでしまいまする、アハハハ」

「ことの重大さが分かっておるのか、幸太夫？」

「ですからァ。水戸の御曹司が度々おこしになるので、わずらわしいということでは御座いませんのか？」

「わずらわしい、だと？」

——思わず嘆息が漏れた。まったく分かっていない。

尾張家と水戸家がともに綾乃を所望して、どちらかを選ぶわけにはいかぬので、両者ともに断った。これで、双方の家の面子が保たれ、尾張も水戸も文句をいわずに引いてくれたのだ。

それがもし、水戸家の若殿だけが「今も綾乃の元に通っている」と聞けば、尾張側の心中は穏やかでないだろう。

「要は、当家が袖にされたということではないか！」

と、怒り出すに違いない。多分、尾張家以上に、美女を貴人に斡旋しそこね、大恥をかかされた老中松平右京大夫が黙っていなさそうだ。

「な、なるほど、それは困りますなァ」

「そうなると、須崎家と鴻上家は、尾張家と御老中から怨嗟の的になってしまう。俺は後難が恐ろしい」

「御意」

さすがの幸太夫も押し黙ってしまった。

「で、相談なのだが……伊勢守様から、水戸様の方へ、それとなく話して頂くわけには参らんかな」

「勿論、我が殿は動いて下さるとは思いまするが……その効果のほどは、はなはだ疑問に思われます」

水戸家は代々、尾張、紀州に対し「負けたくない」との気持ちが強い。「尾張様の面子を潰すから綾乃様に会いに行かないで欲しい」と、伊勢守が頼んでも、なかなか聞き入れてはくれないだろう。逆に依怙地となり「これ見よがしに、通いつめる」ことも考えられる、と幸太夫は心配するのだ。

「ありえるな……困った」

(これは、悩んでいるうちに、傷口がどんどん広がってしまうぞ)

確かに、ときが経てば経つほど、尾張や右京大夫の怒りは増幅される。その怒りのすべてが災いとなり、一番の弱者である槙之輔と須崎家にふりかかるのだ。

傷の手当て、するなら早い方がいい。

(一度、虎三郎様に直談判してみるか? 率直に「迷惑だから、もうこないで欲しい」と……あまり〝老成した〟俺らしい策とはいえぬが、たまには率直さもいい。神君家康公が三方ヶ原で武田勢に突っ込んだのは御歳三十一のときだ。俺はまだ二十五……当たって砕けろだ!)

「な、幸太夫……一つ、調べてもらいたいことがあるのだがな」

「手前が？　なんで御座いましょう」

と、珍しく神妙な幸太夫を「面白い顔だな」と心中で笑いながら、小声で調査の依頼を伝えた。

（四）

「迷惑？」

「御意ッ」

「ハハハ、随分な申されようだな」

と、虎三郎は哄笑したが、その目は必ずしも笑っていなかった。

いつものように「茶を一服所望」と西ノ館の縁側に腰掛けた虎三郎、一方の槙之輔は廊下に端座している。

虎三郎、茶を運んできた綾乃の手を握らんばかりに、肩を抱かんばかりにして、一方的に下らぬ話を半刻（一時間）以上も続けた。今は、愛想笑いに疲れ果てた綾乃が「茶のお替わりを持って参ります」と席を外した、その間隙をぬって虎三郎に直談判を始めたのだ。槙之輔としては「ここでハッキリと言っておこう」と必死である。

「不躾とは思いましたが、あえて率直にお願いした次第に御座います」

と、慇懃に平伏した。

しばらくの間、かなり気まずい沈黙が流れた。

「多分、槙之輔殿は勘違いをされておられるのだと思う。拙者は尾張様への対抗心からこちらへ伺っているわけではないぞ。ひとえに、綾乃殿の御尊顔を拝みたい……ただ、それだけのこと。つまり、これは恋なのじゃ。無粋を申すものではない、アハハハ」

(なにが恋だ。俺の前でよくもいけしゃあしゃあと抜かしおったなァ)

と、槙之輔は心中で吼えた。

虎三郎は厚顔無恥にも、槙之輔の目前で綾乃にじゃれついてみせた。もうそれだけで怒髪冠を突く精神状態なのだが、槙之輔の不機嫌には、別に今一つ理由があった。本日は十八日——父の月命日であり、本当なら墓参がてら街を散歩できたはずだったのだ。ところが連日、虎三郎がくる。墓参も外出も見合わせて、屋敷にいるしかない。だから機嫌が悪い。

「なるほど、妹には勿体ないほどのお言葉に存じます。ただ、虎三郎様の御心を知らぬ尾張様の目には如何映りましょうか。御両家共に断ったにもかかわらず、水戸様だけには今もって誼を通じている……御自分がこけにされたとお感じになるのではないか、そう案じております」

「でもそれは、ひねくれた見方をする尾張様に罪科があろう」

「善悪の問題では御座いません。事実として尾張様と水戸様の間に諍いの目ができ、その原因が我が妹となれば、手前が座視することはできぬ……そう申しております」

「ほう、ならば、どうされる?」

虎三郎、半笑いである。家は改易され、今は罪人のお前になにができる——とでもいいたげだ。槙之輔としては実に腹立たしい。

「匹夫ができることには限りが御座います。とりあえず妹は出家させる。その後手前は、騒動の責を負って腹を切りまする」

「ほう、腹を切られるか……それは結構、よい御覚悟じゃ。感じ入った。好きになされよ」

「御意」

と、平伏、廊下の板敷を見つめる顔が強ばった。

(虎三郎、この横着者が……己が酔狂により『人が死ぬ』と申してもまだ笑っておるのか？　よ〜し、ここまで来たからには一戦せねばなるまい。これは俺の三方ヶ原だ)

そう決意して顔をあげ、虎三郎を正面から見据えた。

「ただ、手前も黙っては死にません。虎三郎様の無理強いにより、尾張様への義理を欠く仕儀となった、それが相済まぬゆえ腹を切る、と尾張様、紀州様、御三卿の皆様方にお伝えしまする。腹を切るのはその後に御座る」

「……ふん、尾張は兎も角、他は誰も相手にせんよ。皆自分のことに忙しいのだ。浪人風情が腹を切ったからと、誰が騒ぐものか」

「では、常陸松岡の中山備中守様にも、御報告させて頂きましょう」

「！」

虎三郎の顔から笑いが消え、槙之輔を睨みつけた。

「備中に、なんの関係がある！」

「いえ、中山家は代々、水戸藩の御附家老を務めておいでになります。されば、この度の顚末、つぶさに聞いて頂かねばなりません」

附家老とは、徳川連枝の大名家――御三家・御三卿など――の保護監督を名目とし、徳川宗家から派遣された〝石高だけは大名級の陪臣〟である。

尾張藩に附けられた成瀬家は尾張犬山三万五千石の当主、紀州藩に附けられた安藤家は紀伊田辺で三万八千石の主、水戸藩の中山家は常陸松岡で二万五千石を所領していた。どこも万石取りなのだが、あくまでも身分は陪臣である。で、それを屈辱とし、幕府に待遇改善――直臣身分の獲得、正規の大名としての処遇――を求め連帯して画策することも多く、度々本来の主である御三家当主との間で軋轢を起こしていた。

槇之輔の依頼により幸太夫が調べたところによると、現水戸家筆頭家老にして中山家当主の備中守信情と虎三郎は反りが合わぬ由。もし醜聞を信情側に知られると、それを理由に横槍を入れられ、虎三郎は水戸家後継の座を滑り落ちる危険性がある。それを知った上で、槇之輔は「中山信情に言う」と脅しをかけたのだ。

「槇之輔殿……貴公、拙者に喧嘩を売る気か？」

「とんでも御座いません。恐れ多いことに御座います。されど、一介の浪人者であっても、相手と抱き合い、共に沈む気になれば、それ相応のことはやれる……

そう申し上げたいのみに御座います」

「……」

実に痛快だった。

初めて会ったときから、虎三郎の傲岸さが不快だったのだ。ぬけぬけと「綾乃に惚れた」というのがまた気に食わない。だから、やりこめてやったのは気分がいい。こういう輩は一度か二度、鼻っ柱を折ってやらなければ駄目なのだ。なまじ水戸家という背景があるため、今まで他人からの攻撃をまともに受けたことがないのだろう。所詮は井の中の蛙、世間知らずの御曹司だ。

しかし、虎三郎は、即座に反撃してきた。

「貴公と拙者とは、ずいぶんと思想が違う」

(まだ申すか？　もう勝負はついておろうに……いいのか？　中山信情にいいつけるぞ？　水戸藩後継の道が閉ざされるぞ？)

「拙者が、水戸藩主になりたいがために附家老に遠慮し、女を追うのを諦めると思ったのか？　貴公は……蓋し、小者じゃな」

(はったりだァ。強がりを申すな。水戸藩後継の目を無くした貴様なぞ、誰も相手にはしてくれぬぞ)

「拙者は生きたいように生きる。惚れた女に会うのを我慢して水戸藩主になって、それのなにが楽しい？　貴公は大方、須崎家再興を期し、なにごとも隠忍自重して大人しく暮らして居られるのであろうなァ。それが貴公の人生じゃ。小者の生き様じゃ……そういえば、貴公の父上の最後はすさまじかったようだの う。殿中で小便を垂れ流しながら逃げまわったとか……その父にして、この子あり。カラスがカラスを産んだということか、や、実に面白い、アハハ」

「……」

斬り殺してやりたい衝動にかられていた。が、ここで抜いたら負けだ。

（小者と笑われようが、父をそしられようが、俺は辛抱する。ここで貴様を突き殺せば、浅野内匠頭と同列に落ちるからな。黒岩や源蔵に「自重せよ」と言っておいて、自分は「辛抱できなんだ」では洒落にもならぬ）

ただ、口で反撃するのはいいだろう。こうなったら礼儀も不躾も関係ない。罵詈雑言で応戦するのみだ。

「結局、虎三郎様は、水戸藩主の器ではないのでしょうなァ」

「なんだと？」

「器でないと申したので御座るよ。器でない、と」

さすがに目を剝いた。しかし流石に「無礼だ」とはいってこない。虎三郎は既に、槙之輔の父親を愚弄嘲笑しているのだ。

「万治寛文の頃の侍奴にでも生まれておられれば丁度よかった。貴方様のような方が藩主となられたら、家臣も領民も不幸となりましょう」

「……」

(なんだ？　悪い頭で反論でも考えているのか？　なんでもいってみろ、すぐに俺がやりこめてやる)

「確かに拙者は、太平の世の大名には向かぬかもしれんな。戦国の世に生まれておれば、馬上天下をとれたものを、残念だ」

(ふん、そもそも戦国の世なら、俺もこのような生き方はしておらん。まずは手始めに貴様を突き殺し、槍の錆びにしてくれるわ。なに、容易いことだ。クマやイノシシほど手強くはあるまい)

「貴様……」

下屋敷の廊下、二人の若者が睨み合っている。旧暦の十二月十八日は、新暦ならば二月の五日――ちょうど立春の頃だ。吹き曝しに座っていては、かなり冷え込む。

「ま、いいさ」

と、虎三郎は立ち上がり、短い野袴の裾を手ではたいた。

「互いにもの凄いことを言いあったな」

「御無礼致しました」

と、平伏した。

「だが、拙者はまた参る。止めても、貴公から罵倒されても、拙者は来る」

「……」

「貴公、女を好きになったことがあるか？」

兄としての立場上「はい」とは言えない。「いいえ」と言えば嘘になる。最前論争した男から嘘で逃げるのは嫌だった。

「拙者は綾乃殿を諦めんぞ。尾張も、老中も、貴公も関係ない。俺には綾乃殿しか見えないのだ。アハハハ、では、また参る！」

そう言って、虎三郎は意気揚々と帰って行った。

「……糞が！」

腹も立ったが、それ以上にガックリと疲れが出た。まるで四十貫（百五十キロ）のクマが越冬中の根あがり洞の前で延々二刻（四時間）待ち、結局逃げられた直後のような疲労感であった。

（五）

奇しくも同日、文政七年十二月十八日。千代田城内では、故城島勘解由の遺児富士之丞が、ついに将軍家斉公に御目見得を果たしていた。

江戸城本丸御殿黒書院前の廊下で、公方様から親しく声をかけられた十歳の少年は感極まり、平伏したまま「う、上様！」と一声叫んで号泣したと聞く。

公方様との御目見得には特別の意味合いが含まれていた。

そもそも将軍に謁見できるのは旗本以上の身分の者に限られる。つまり富士之丞は、旗本以上の者として公式に認められたことになるのだ。その瞬間から浪人の身分ではなくなった。

五年前に幕府が下した喧嘩両成敗の構造は崩れた。加害者である城島家が旗本に復帰し、被害者である須崎家が浪人のまま――城島贔屓の家斉公の意向が強く反映された御沙汰であることは間違いない。

所領がどこになるのか、禄高が如何ほどになるのかは未定の由だが、当初いわれていた高二千石ではなく、高三千石の寄合席として封じられる、との噂がもっぱら——破格の厚遇といえる。

「少年の涙。一泣き千石」

と、柳営内では囁かれている由。

「お、おかしいではありませぬか！」

「これ、槙之輔様の御前である。大きな声を出すでない！」

と、元家老が、激昂する元剣術指南役をさらなる大声でたしなめた。

城島富士之丞が公方様に御目見得——と聞いた穏健派の総帥本間仙衛門と過激派の頭目佐々木源蔵が、深川下屋敷に駆けつけ、目下、槙之輔の前で怒鳴り合いを演じている。

源蔵は道場破りの一件を経て、弥五郎への偏見こそ捨て去ってくれたが、城島家の厚遇を聞くと頭に血が昇るところはまったく変わっていない。この辺は過激派のままなのだ。一方、老中の松平右京大夫に取り入ることで須崎家再興を画策する仙衛門からすれば、源蔵以下の過激派は邪魔で邪魔で仕方がない存在である。

源蔵派は仙衛門派を「士魂を忘れた政商ども」と嘲笑し、仙衛門派は源蔵派を「現実を見ない狂信者」と罵倒している。

(コヤツ等、とことん仲が悪い。まるで水と油だ……どうしたものかなァ)

途方に暮れる槙之輔は、両派の上に片足ずつを乗せて漸く立っている状態だ。彼自身の考えは、むしろ仙衛門たち現実派に近いのだが、ここで旗幟を鮮明にすると、源蔵派が造反しかねない。組織が揺るぎかねない。

こういう場合、亡父の持論は「家臣共の対立に介入するな、放っておけ」であった。

「相争わせて、最後に勝った方に乗ればよいのじゃ」

と、幾度か教えられたが、こればかりは「状況によるだろう」と考えている。

(もし仮に、源蔵が主流となったら、俺も一緒に城島邸に斬り込むのか?)

そういう選択肢はまずない。

(俺の採るべき道は、やはり仙衛門派だ。ただ、それを端から明言せずに、源蔵派の造反を抑えつつ、懐柔しつつ、徐々に現実志向にもっていく……これしかあるまいが、なかなか難しい)

「そもそも御家老、城島家は加害者に御座いますぞ。被害者は当家。亡き殿は御定法を守って刀を抜かず無念の御最後を遂げられました。しかるに……」

「そのようなことは皆分かっておる。拙者も悔しい。しかし、それを此処で叫んでどうなる？」

「不公正は正さねば！　御政道の歪みを正さねばなりますまい！」

「おお、誰もがそう思っておるのさ！」

仙衛門によれば、幕閣の中でも心ある人は、家斉公の好き嫌いを前面におしだした今回の御沙汰を「苦々しく思っているはず」というのだ。

「はず？　はずでは信じられませんな。もし御家老の仰せの通りなら、なぜ、このような不公正が堂々と行われましょうか」

「力関係じゃ。上様の御意向じゃ。今しばらくの辛抱じゃ」

「もう、その辛抱がたまらん。御仇、討つべし！」

ついに源蔵が興奮し、腰の脇差をつかみ鯉口を切った。それを見た仙衛門が逃げ腰になる。

「こら、源蔵ッ！」

たまらず怒鳴りつけた。源蔵、槙之輔の剣幕に慌てて小刀を鞘に納める。鍔がチャリンと寂しく鳴った。

（俺の前で脇差を抜きかかる奴、それを見て逃げ腰になる奴……ああ、人材難だなァ）

「そ、そもそも源蔵は御仇と申すが……」

仙衛門の声が一部裏返っている。脇差の恐怖がまだ抜けないらしい。

「……亡き殿を刺した城島勘解由は、五年前に自裁して果てたのだぞ」

「ならば、城島富士之丞を斬りましょう！」

「痴れ者め！　そのようなことをすれば、我らはしまいじゃ！」

確かに、公方様の心を鷲掴みにした十歳の童を、公方様から忌み嫌われている〝粗相の家〟の遺臣が襲撃して斬れば、須崎家は終わりである。今は須崎家に同情を寄せてくれている幕閣の心も離れ去るだろう。ここは「隠忍自重すべきである」と槙之輔も内心では思っている。むしろ、ここでこらえれば、風は須崎家の方向に吹き始める可能性が高い。

「拙者が思うに、城島家と須崎家、その処遇が不公平であればあるほど、世間の同情は我らに集まり、それが取りも直さず須崎家再興への力となるので御座います」

「世間の同情頼みとは呆れる……須崎藩士は物乞いではない！」

「なんじゃと！」

「双方それまで！　両者の言い分はよく分かった。槙之輔、感銘を受けたぞ」

「ははッ」

　と、二人が元若殿の前に平伏した。

（平伏させた……ここまではいい。これからどうするかな。順番から言えば、今度は俺が喋る番だ。なにを言ってもどちらかが激昂しそうだが……ま、城島の倅を斬るべし……あれはまずい。あれにだけは、釘を刺しておこうか）

「源蔵、お前、本気で城島富士之丞を斬るつもりか？」

「槙之輔様は、御反対で？」

「うん、十歳の童を斬るのは、ちと寝覚めが悪いかもな」

「し、しかし……」

「や、お前の申す通り御政道の不正はただださねばならぬ。俺もそうは思う。が、手段は強硬策以外にもあろう。今、童を斬れば世間は義挙とは受け取らず、須崎家残党は『憂さ晴らしに子供を殺した』との誤解を受けるやもしれぬ……泉下の父はさぞ悲しむであろうなァ」

「御明察！　正に、その通りとなりましょう」

と、横から仙衛門が合いの手を入れた。

「ま、拙者は馬鹿だから、御家老にまんまと言いくるめられるが……ただ、例え手前が自重しましても、黒岩たちは突っ走りかねませんぞ」

「黒岩だと？　奴は、例の森道場の娘と楽しくやってるのではないのか？」

過激派のもう一人の頭目、黒岩子太郎は今月の初め、錬義館森道場の主・森小熊の婿養子となり、森子太郎と名を改めた。しかし、どうも森姓ではピンと来ず、槙之輔たちは相変わらず「黒岩」と呼んでいる。

「や、楽しくやっております。いつも上機嫌でニコニコ致しております。その上で城島富士之丞を斬り殺そうと……」

（な、なんという整合性のとれない思想をしておるのか！）

癇癪が起きかけたが、黒岩の奇矯な性格は今に始まったことではない。

「一度、俺が意見してみよう。黒岩をここに連れて参れ」

「……はあ、左様ですなァ」

源蔵、あまり乗り気ではない様子だ。確かに、黒岩は性格が奇矯な上に、頑固で思い込みが激しい。槙之輔の言葉ぐらいで、簡単に翻意させられるとは到底思えなかった。

（じゃ、どうする？　黒岩が暴走したら、すべて終わるぞ）

「な、源蔵。道場の娘……喜久枝とか申したな。あれは婿が十歳の童を斬ることに反対はせぬのか？」

「まさか、大丈夫（おとこ）の志（こころざし）を女に語ることは致しますまい。喜久枝殿には知らせずに決行するものと思われます」

「内緒でか？」

「御意ッ」

「黙ってか？」

「ぎ、御意」

「……ふ～ん」

ならば話は簡単だ。槙之輔のやるべきことはただ一つ。

喜久枝に内密で連絡を取り「お前の亭主は、義の名の下に、十歳の童を殺そうとしているぞ」と知らせてやればいい。喜久枝は気の強そうな娘であった。それだけ報（しら）せてやれば、後は黒岩の暴挙を、家付き娘の愛と権威と恫喝（どうかつ）で制圧してくれるはずだ。

第四章　御老中狙撃

（一）

「ええ、呉服や小間物、花屋まではともかく、絵馬売りから、莨売り、羅宇屋まで参りますのよ」

「物売りが？」

「この界隈を流しても商売にはならんだろうにな」

十町（千九十メートル）ほどの間に数軒の大名屋敷が――それも人の少ない下屋敷が――あるだけなのだ。商売にならないので、普段あまり行商人はこない。

「そうで御座いましょう？　妙ですよね」

綾乃は「気味が悪い」と槙之輔にこぼした。

　槙之輔は、加代と綾乃と共に夕餉をとる。給仕は小絵女。什器は、膳から椀にいたるまですべて輪島塗で、鴻上家の家紋が金箔で押してあった。

　輪島塗はたいそう高価な漆器である。槙之輔たち御預人には身分不相応な品なのだが、下屋敷とはいえ一応は大名屋敷、来客用に備品として取り揃えてあるものを幸太夫が「減るもんじゃなし」と使わせてくれているのだ。

「妙でも不思議でもありませぬ。十日前にきた小間物屋と今日来た羅宇屋、同じ男でしたもの……あれは密偵です。当家を探りにきているのです」

　義母の加代が、幸太夫が漬けたタクアンをかじりながら応えた。

　ちなみに羅宇屋とは、煙管の掃除などをする行商人である。

「密偵とは、穏当でありませんな」

「なんの、見られようが探られようが一向に困りはせぬ。貧しく、清く、慎ましく……故障のでる生き方は致しておりません」

「でも義母上、我々、毎月十八日には出歩いております。手前は先日、道場破りの片棒まで担がされました。こんなことがお上に露見すれば、某も鴻上家も厳しくお叱りを受けます」

「叱られるのは貴方々でしょ？」

「恥ずかしながら、家長は私……私が御咎めを受ければ、義母上も綾乃もただではすみません」

「……あら、それは困りますね」

(なにを悠長なことを言っておられるのか……危機意識がまるでない)

「なにしろ、無闇に物売りを屋敷に入れてはなりません。また、家中のことを外部の者に喋るのも論外です」

「でも兄上、私たちが気をつけても、どうせ幸太夫殿がなんでもペラペラと喋ってしまいになりますよ」

「こ、幸太夫ね……困ったなァ」

一瞬、赤ら顔をした留守居役の、長閑な笑顔が脳裏に浮かんだ。危機意識が薄いのは義母だけではないようだ。

しかし、監視役が能天気な彼であったればこそ、こうして高級な漆器で食事もとれるし、月一で外の空気を吸えるのだともいえる——文句ばかりは言えない。

本所深川にも武家屋敷はたんとある。しかし、大名家の上屋敷に限ると数えるほどしかなかった。ほんの数軒だ。それも立花家、津軽家など、かつて改易や親族の改易に連座した〃冷や飯食いの外様大名〃ばかりである。飲料水の不便や水害への不安があって、あまり好立地とはいえないから、多少とも懲罰的な、見せしめ的な意味合いがあったのかもしれない。

で、多くの藩では拝領した土地に下屋敷や蔵屋敷を建てた。本所深川には小名木川や横川などの太い水路が縦横に走り、決して海運の利便性は悪くない。江戸湾まで千石船で米や物産を運び、高瀬舟に積み替えて水路をたどり、下屋敷の蔵に搬入したものだ。

ただ、物産の搬入が毎日あるわけではない。下屋敷や蔵屋敷に勤仕する武士の数は知れている。結果、この界隈の武家地——就中、大名屋敷が集まる地区は人通りが少なく、閑散としていた。

だから水戸虎三郎が、十数騎の騎馬武者を引き連れてやってくると、その気配は、かなり遠方から伝わり、槙之輔と綾乃を憂鬱にさせた。

「貴公の魂胆がようやく読めたわ……貴公、相当に腹黒い御仁じゃな」

西ノ館にズカズカと入ってくると、虎三郎は会釈もせずに、いきなり槙之輔を睨みつけた。

「手前が、腹黒い？」

「拙者と妹御の縁談に、貴公が反対であることぐらいは分かる。でも、その理由が今まで読めなんだ。なぜ反対していた？」

（ふん、そもそも、傲慢無礼なお前のことが気に食わんからだ）

「尾張家と揉めるのを怖れているとも思えん。そもそも藩主斉朝が暗愚だ。なにせ一橋からの養子……貴公も御存知であろう？　一橋は、馬鹿ばかりを輩出する家だ。恐れるに足らん」

「……………」

二十二年後の弘化四年（一八四七）、自分の倅が一橋家の養子となることなど、今の虎三郎は知る由もない。で、その後、その倅は最後の将軍になるわけだが——その件は本稿と無関係なので割愛する。

「結局、そういうことだったのか……ま、あれだけ美貌の妹を授かったのだ、少しでも高く売ろうと考える貴公を責めるつもりはない。馬鹿の尾張斉朝ならば兎も角、拙者もまさか〝あの御方〟と張り合う気はないから安心されよ」

「手前、今一つ飲みこめませぬが……〝あの御方〟とは、どなたのことに御座いましょうか？」

「白々しい。いまさら惚けるな」

「惚けてなどおりませぬ。あの方、とは？」

「決まっておる。十一代将軍、徳川家斉公のことだ」

「！」

ガチャン！

背後で陶磁器が割れる音がした。振り返ると、茶碗を廊下に落とし、茫然と立っている綾乃と目があった。

「綾乃殿、大奥へ入られる由。おめでとう御座いまする。是非将軍のわ子をお産みなされ、ハハハハハ」

と、笑いながら鞭をビュンと一振りし、虎三郎は大股に去って行った。

「兄上！」

綾乃が睨みつけている。なにを怒っているのか、すぐに想像はついた。

虎三郎の発言を総合すれば、公方様の後宮に「綾乃が召し出される」ということになるのだろう。ほぼ間違いあるまい。最近行商人の訪問が多く、加代は彼らを「隠密だ」と看破していた。大方、綾乃の美貌が「尾張家と水戸家が相争うほど」と聞きつけた好色な家斉公が、御庭番などを使って噂の真偽を確かめさせたものと思われた。

ちなみに家斉公、このとき御歳五十三である。十五人いる徳川将軍の中でも群を抜いた艶福家で、十六人の妻妾に五十三人の子を産ませた。で、ついた渾名が、膃肭臍将軍――なんでも、海獣の陰茎を干した生薬「海狗腎」を侍医に処方させ、夜毎常用していたらしい。

や、思うに「助平なだけならまだしも」なのだ。

己が感情のみで城島家再興を優先させ、御政道を歪めて恥じることもない振舞い。短気で粗暴と誰からも嫌われていた城島勘解由を理想化している人を見る目のなさ――総じて「家斉公は暗君」と断じて構わないだろう。

(そんな男のところへ、綾乃をやってたまるか!)

媚薬の手を借り、若い女の肉体をなぶりつくす淫獣――その好色な手が、綾乃の嫋やかな身体をまさぐるのかと思えば、気が狂いそうになった。

「綾乃、俺は知らなかった。本当に知らなかったのだ。誰が、可愛い妹を大奥へなんぞ……」

「お言葉、にわかには信じられませぬ。私が上様のわ子を産めば、未来永劫、兄上と須崎家は安泰ですものね!」

「……」

身も蓋もないことを言われてしまった。反論もできない。しかし、槙之輔が「綾乃の大奥入り」を知らなかったのは事実である。今しがた、虎三郎から聞いたばかりで、胸の動悸はまだ沈静化していないほどだ。

「なにしろ、このことしばらくは誰にも話すな。まだことの真偽も分からぬのだから。義母上にも、小絵女にも、弥五郎にもだ……よいな？」

「ええ、話しませんとも。但し、もし〝貴方様〟が、須崎家のために私を売り渡すようなことをなされば、私は喉を突いて死にまする」

それだけを言い残すと、軽く会釈して踵を返し、落として割れた茶碗を拾うこともせずに廊下を歩み去った。

槙之輔は一人廊下に残されてしまった。ぼんやりと眺める庭に、梅の古木が幾本か花をつけている。梅雨の頃には実となり、幸太夫たちが梅干し造りに精を出すのだ。槙之輔は、大いに困惑していた。

（恐らく、義母上は大喜びするはずだ。尾張と水戸を較べたときにも、やれ家格が、やれ官位が、やれ石高がと申されていたではないか。今度の相手は徳川宗家だ。将軍家だ。すべての面において御三家とは格が違う）

もし綾乃が公方様の子をなせば、その子が将軍職を継ぐことはなくても——なにせ臘肭臍将軍、世継候補はゴロゴロいる——将軍の子として、しかるべき大名家を継ぐか、嫁ぐかすることになり、その生母として綾乃の一生は安泰だろう。勿論、槙之輔はその子の伯父になるわけであり、ま、十中八九、須崎家は再興されることになるはずだ。

(まずは仙衛門を呼び、真相を問いただしてみよう。ことの次第が摑めぬ現状では策のたてようもないからな)

と、今後の目串をつけてから、槙之輔は大きく溜息をもらした。

(それにしても綾乃の奴。〝貴方様〟とは俺のことか? 俺はこれでも兄だぞ)

と、心中で愚痴った。よほど妹は、自分を御家再興の人身御供にしかねない兄の無情に怒り心頭なのだろう。

本間仙衛門によれば、やはり黒幕は、老中の松平右京大夫であった。

右京大夫は当初、尾張公の歓心をえるため、美貌の綾乃を側室に送りこもうとたくらんだようだが、奇しくも水戸虎三郎という手強い競争相手が出現、御三家同士の対立を回避しようと、槙之輔が両家に断りをいれ、話は流れた。

「尾張家に媚びを売ることにこそ失敗された御老中でしたが、簡単に諦めるような御仁では御座いませなんだ」

仙衛門は声をおとし、表情を曇らせた。

「なにせ因果な性格の御仁に御坐居ますからな」

懲りない右京大夫は、こともあろうに、女好きで有名な家斉公に「尾張と水戸が争ったほどの美女」と鎌をかけたというのだ。

「なるほど……で、公方様の食指が動いた、と申すのだな」

「御意ッ」

家斉公は早速、将軍直属の隠密衆である御庭番を動かした。綾乃の美貌が如何ほどのものであるのかを内偵させた上、「これほどの美女、他にはやらぬ」と尾張公と水戸公を呼び出し、直々に「今後は双方、手出しは一切無用」と、釘を刺された由。

「一々思い当たる。あの傲岸な水戸の御曹司が公方様の御名を出した上で『諦めた』と宣言しおったし、綾乃の元には怪しげな行商人が度々訪れている」

「左様に御座いましたか。これでほぼ間違い御座いませんな。綾乃様は公方様に見初められたので御座います。ここは一応『おめでとう御座います』と申し上げておきまする」

仙衛門は平伏した。で、起き直ると、膝をすり、槙之輔ににじり寄った。見れば、幾分嬉しそうな顔をしている。

「御家族のお心内を慮(おもんばか)れば、そこは色々と御座いましょうが……ただ、これにて須崎家再興の件は、ほぼ成ったものかと思われまする」

と、小声で槙之輔の耳元に囁いた。

「それはそなたの見立てか？　御老中の御言葉か？」

「右京大夫様の御言葉に御座いまする」

「左様か……それは嬉しいことだな。綾乃もきっと喜ぶ」

「御意……ただし『肝賢なものを忘れるな』とも念をおされまして御坐居ます」

と、仙衛門は親指と人差指で円(まる)い輪(わ)っかを作ってみせた。

「それは御老中にか？　周旋料ということか？」

「御意」

「銭などないだろう」

「御家再興が本決まりとなれば、札差がいくらでも貸してくれまする」

「………」

槙之輔、深く嘆息をもらした。

家斉公は、この国一番の権力者である。そのお方から白羽の矢を立てられれば否(いや)も応(おう)もない。槙之輔が大名であるのか、御預人であるのかに関わりなく、唯々(いい)諾々(だくだく)と従うしかないのだ。

ただ、綾乃はいざとなれば「己が喉を突いて死ぬ」と宣言している。

もしあの言葉が単なる脅しや、槙之輔への当てこすりではないとしたら、そして本当に綾乃が自刃(じじん)して果てたとしたら――槙之輔は大事な妹と須崎家再興という、二つの夢を同時に失うことになるだろう。

(俺がなにを言っても綾乃はむきになるだけだ。ここは一つ、義母上に相談し、搦手(からめて)から綾乃を説得して貰(もら)うしかないな)

――ど〜も槙之輔らしくない。珍しく他人(ひと)まかせだ。やはり綾乃がからむと、腰が浮いてふらつき、実力を発揮できなくなるらしい。

(二)

「さあ、伺いましょう。あらたまって内密な話とはなんですか？」

「わざわざ御越し頂き、恐縮に御座います」

義母を自室へ呼びつけ、弥五郎に障子を閉めさせた。弥五郎にはそのまま庭掃除をさせる。誰かが近づけば報せるよう因果を含めてある。要は、見張り役だ。

「綾乃に、新たな求婚者が現れまして御座います」

「まあ、それは有難いこと。で、どなた？　御大名なのでしょうね？　国持ち？ま、尾張公、水戸公と比べれば随分と格落ちするとは思いますけどね」

「それが、公方様です」

「………」

義母の顔から表情が消えた。能面の小面にも似て、冷涼な美しさだ。

「義母上、如何なされましたか？」

「ど、どちらの公方様？」

「どちらの、って……御当代、家斉公に御座います」

「ば、馬鹿な！　そのような不埒が許されるわけがない！　天罰仏罰が下りましようぞ！」

「はあ？」

権力者が後宮に入れる美女を物色する——よくある話ではないか。天罰とは大仰に過ぎる。

　加代はみじろぎし、座り直した。背筋を伸ばし、自らを落ち着かせるように大きく息を吸い、深く吐いた。

「駄目です。家斉公だけはなりません。槙之輔殿、そのお話、お断りなさい」

「簡単に仰せられますが、公方様ですよ？　当方から断ることなどできません」

「では、綾乃は死んだことに致します。そうしましょう」

「すぐに露見しますよ。公方様が相手となれば、幸太夫だって、鴻上家だって見過ごしてはくれないでしょう」

「でも、駄目です。駄目なものは駄目！」

「なぜ？　理由をお聞かせください」

「………」

　加代は視線を鴨居に向け、しばらく何事かを考えている風だった。

「貴方は、私の息子ですか？」

　唐突に訊かれた。

「はい、生さぬ仲とは申せ、今は実の母上だと思っております」

　――嘘である。正直そこまでは思っていない。母と見做すには、加代はあまりに艶めかし過ぎるのだ。

「ならば倅として、母の名誉は必ず守って頂きます。これからするお話、決して他言なさいませぬように」

「誓って、他言致しません」

と、平伏した。

ふう、と大きく息を吐いてから、艶めかしい義母は語り始めた。

加代は二十年前、十七歳で旗本寄合席酒井藤九郎の正妻となった。寄合席となれば当然無役ではあるのだが、酒井家は高六千石の大身で内福。藤九郎自身も心優しく、聡明で、しかも美男であった由。若い二人は仲睦まじく、幸せに暮らした――少なくとも表面上は。

実は、夫婦は大きな秘密を抱えていた。藤九郎、少年の頃、落馬事故で背骨を傷め、以来男性としての機能を完全に失っていたのだ。二人の間に、閨事は一度もなかったという。

「義母上、それはつまり……綾乃は酒井藤九郎殿の娘ではないと？」

槇之輔の問いかけに加代は深く頷き、暫し間をおいた後、また話を続けた。

「婚礼の当初から藤九郎殿は、強く子を望んでおられました。勿論、跡継ぎの心配もあるが、それ以上に『子供がお好き』だったのです。それも養子などではなく、私が産んだ子を『真実、我が子と思いなして大事に育てたい』と、涙ながらに……」

そこまで言うと、義母の両眼からも大粒の涙が溢れ始めた。

「自分には『他に楽しみなどないのだから』と泣かれて……私、あまりにおいたわしくて、つい『産みます』と申しあげてしまったのです」

「その御言葉、意味が分かって仰られたのですか？」

「勿論です。そうすることが夫のためだと思ったし、今までも、これからも、決して後悔することはありません」

「……………」

以来、夫婦は異常な話し合いを続けた。

〝夫の子の父〟として相応しい男は誰か？

〝一夜、妻の体をあずける〟に足る男は誰なのか？

――確かに、異常である。

ひと月ほど話し合いを続けた後、二人は結論に達した。

「ま、まさか、その結論とは……い、家斉公ですか？」

「御明察」

「な、なんと！」

相手が公方様であれば、妻を一夜貸し出す相手として不足はない。藤九郎の男としての、武士としての一分も立つ——蓋し、忠君思想から演繹できるという話だと思われる。

さらに、藤九郎は落馬事故に遭うまで、幼少時から小姓として家斉公の側近くに仕えていた。二人は幼年期を共に過ごした竹馬の友でもあるのだ。気が合う二人は、怪我をした藤九郎が勤めを辞した後も手紙の交換を続けた。家斉公は、幾度か忍びで藤九郎の屋敷を訪問したことすらあるのだ。

家斉公を屋敷に招待して宴を催し、好色な彼に、美貌の妻を取り持つことも、あながち不可能ではないように思えた。

「無茶だ。馬鹿げている」

槙之輔、思わず声を張り、庭の弥五郎に聞こえたのでは、と口元を押さえた。

「確かに、狂っていたのですよ。あの頃の私たちは」

「………」

すべてが見えた。綾乃の本当の父は家斉公——娘が、父親の側室として大奥に上がるなど「あってはならないこと」と義母は激怒したのだ。

そして最大の問題点は、家斉公がこの事実を――つまり、今自分が食指を伸ばそうとしている女性が、己が実の娘であることを――「御存知ない」ということなのだ。

（や、待てよ……冷静になって考えてみれば、この一件、存外簡単に始末がつくやもしれぬぞ）

「ね、義母上、この事実を上様にお伝えしましょう。さすれば、自ずと話は沙汰止みになりますよ。如何に家斉公が膃肭臍将軍でも、まさか己が娘とまぐわおうとまでは思いますまい」

――槙之輔も冷静ではない。義母の前で〝膃肭臍将軍〟だの、〝まぐわう〟だの、不適切な語彙を使い過ぎている。事実、加代の眉間には深いしわが刻まれた。

「どうやって上様にお伝えするのですか？　そうそう簡単に拝謁などできませんよ。私は女だし、貴方は浪々の身だし」

「手紙を書くとか、鴻上の伯父に伝えてもらうとか」

「最前も申したでしょう。この不道徳な事実を明かしたのは、貴方を実の息子と思えばこそです。第三者を利用したり、第三者の目に留まる危険性のある方法は断じて困ります」

加代としては、自分と亡夫の「名誉を守らねば」と思う以上に、綾乃にこの破廉恥な事実を「知られたくない」と強く念じている風だった。

酒井藤九郎は、加代が綾乃を産むと、言葉通り〝実の娘〟としてあつかい心底から慈しんだ。元来が優しい性格であり、また知恵もあったから、綾乃は藤九郎にたいそう懐いた。綾乃が七歳のとき、藤九郎は流行り病で死んだが、今も彼女は幼い頃の記憶をたどり「亡き父上が、亡き父上が」と事あるごとに繰り返す。藤九郎が実の父ではなく、そればかりか、己が妻を他人に与え、子を身籠らせるような卑劣漢だと知れば、綾乃はどれほど傷つくだろうかと案じているのだ。

（義母の気持ちは分からぬでもない。綾乃に真実を知らせることほど酷い仕打ちはなかろう。なんとか、上様お一人に「綾乃はだけは駄目だ」とお伝えする方法はないものか……上様お一人に……誰の目にも留まらぬように……）

ふと言葉が浮かんだ——目安箱だ。

「それだ！　義母上、手前に名案が御座います！」

目安箱は、享保六年（一七二一）に八代吉宗公が始めた「庶民から将軍への直訴を認める稀有な制度」である。当時は〝目安箱〟ではなく、ただ〝箱〟と呼ばれていたらしい。

毎月二日、十一日、二十一日、辰ノ口の評定所前に白木造りの木箱がおかれ、庶民はそこに「将軍宛ての訴状」を投函した。箱は厳重に施錠されており、その鍵は将軍だけが持つから、余人が訴状を読むことはなかったのである。

但し、住所氏名が記されていない訴状は無効であり焼却処分とされた。また、主持ちの武士による投函も禁じられていた。ちなみに、この時代の〝目安〟とは〝訴状〟を意味する。

訴状には有効な提言も多く、町医者小川笙船の提案により小石川養生所が誕生したり、江戸市内の防火計画が発足したり、新田開発が実施されたりもした。さらには役人の不正を暴く訴状が多く、綱紀粛正には一定の効果があったらしい。この制度、田沼時代に一旦は中断したが、文化文政の頃には復活し、幕末まで続いたという。

槙之輔は義母をせかせて、公方様への目安を認めさせた。

家長である槙之輔の身分が浪人なのだから、加代は現在、まごうことなき庶民である。住所氏名さえ記せば、目安を投函する資格はあるのだ。なにを隠すこともない。「鴻上藩深川下屋敷内・須崎加代」と文末には堂々と記せばいい。長い手紙である必要はない。要諦だけを簡潔に——加代はすぐに書き上げた。

「拝見しても宜しいか？」

「なぜ？　これは私から上様への私信です」

「……もし上様が義母上の言葉をお信じにならなかった場合、父と娘が交わるというとんでもない破戒が出来することになるのです。そしてその最大の被害者は綾乃に御座います。念には念を入れて、と思いましたもので……今一度伺います。拝見しても宜しいか？」

「………」

加代は黙って訴状を槙之輔に手渡した。

加代の訴状は申し分のない文章であった。

十九年前に交わった夜のこと、加代はその時未通女であった。で、そのことを家斉公がたいそう驚かれ労わりの言葉を賜ったこと、亡夫酒井藤九郎は事故により性的不能であり、加代とはただの一度も交わってはいないことなどを述べ、綾乃が家斉公の娘であることを論証していた。

その上で、この事実は必ず秘匿し墓まで持って行くこと、家斉公には今後一切身分上も財産上も、なに一つ求めないこと、最後に、綾乃を大奥に上げることだけは思い止まって欲しい旨が縷々したためられていた。

（これなら大丈夫だ。同衾した男女は、その夜の空気を共有しているという。二人の間にのみ通じる阿吽の呼吸みたいなものがあるのだろう。公方様は義母上の言葉を全面的にお信じになる。これで綾乃の大奥入りは、必ず沙汰止みとなるはずだ）

今日は一月の十五日であり、直近で目安箱が置かれるのは六日後だ。外出日ではないから、辰ノ口へは弥五郎を行かせよう。途中、弥五郎が目安を広げて盗み読むことも可能性としてはあるが――槙之輔は彼を信頼していた。

（三）

事態は急変した。加代の目安を投函した、いきなりその翌朝である。

本間仙衛門が慌ただしく深川下屋敷を訪れたのだが、明らかに動揺している。

「わ、若殿、一体全体なにをなされましたか！」

槇之輔の膝にすがりつくようにして問いただしてきた。

かねてより元家臣たちには〝若殿〟と呼ぶことを禁じていたはずだ。主命を忘れるほどに動転している。当然、目安箱への投函と無関係ではあるまい。

(ふむ、どうも悪い方に目がでたようだな)

「確かに俺は、ある行動をとった。しかし、それがなにであるのかは、ゆえあって誰にも言えぬ。そなたにも言えぬ……その上で訊ねる。なにがあった?」

昨夜遅く、仙衛門は老中松平右京大夫の屋敷に呼び出された由。

「御老中によれば、上様がいたく御立腹の由。綾乃様を周旋された御老中は御勘気にふれ『十日の間、出仕に及ばず』と謹慎を申しつけられた由」

「上様御立腹の理由は、綾乃絡みか?」

「御意ッ。若殿は、綾乃様の大奥入りをお断りになったのですか?」

「うん。断った」

「なぜ? 何故お断りになられたのですか! 先日も申し上げました通り、御家再興の好機でしたのに」

「その理由を御老中は申されておられなかったのか?」

「上様から『つまらぬ女を周旋するな!』と一喝され、謹慎を申しわたされただけのように御座います。御老中御自身も当惑されておられまする」

——ほっとした。家斉公もさすがに、老中が斡旋しようとした女が「己が実の娘だったこと」は口にしなかったようだ。

（ま、御自分の醜聞になることでもあり、黙っておられたのだろうが……）

家斉公、酒井藤九郎、加代——三人の破廉恥な行為により生まれた娘が「綾乃である」という事実だけは、どうしても秘匿せねばならない。もし噂が広まるようなことにでもなれば、亡父藤九郎への綾乃の追懐、綾乃と加代の母娘関係、加代の名誉、綾乃の未来——すべてが一瞬にして雲散霧消してしまう恐れがある。

家斉公の沈黙に、槙之輔は深く感謝した。

「……で御座いますぞ、若殿！」

「ん？」

例によって思索の淵に沈んでおり、仙衛門の話を聞きそびれていた。

「上様からの御勘気を蒙った御老中もまた、激怒しておられます。その怒りの矛先は、すべて須崎家と若殿へと向かうので御座いますぞ」

「で、あろうな」

「今回、綾乃様絡みで、御老中を怒らせてしまいました。右京大夫様は幕閣中唯一の御味方でしたのに……尾張様、水戸様の御機嫌も損ねておりますし、元より公方様の当家嫌いは有名……もう無理に御座います。未来永劫、御家再興の悲願は叶いますまい」

「……」

（でも、恐らく、これでいいのだ）

心中で自らを納得させていた。仙衛門の言葉通り、須崎家再興の目は完全に消えたと思われる。しかし、家斉公に「自分の娘が辛い境遇にいる」との事実が伝わった。将軍も人の親。いずれ綾乃母娘をこの下屋敷から救い出してくれるだろう。綾乃は美しい。どこぞの大名か、旗本家が必ず求婚してくる。加代と小絵女はその嫁ぎ先で暮らせばいいのだ。多少の気苦労はあろうが、今よりはよほど豊かで自由な暮らしが待っているはずだ。

弥五郎は、伯母に頼んで鴻上家の家臣として召し抱えてもらおう。上士は無理でも、せめて徒士として雇って欲しい。なにせ不遇な主を見捨てず、下男として仕えてくれた忠義者だ。剣の腕がたち、慎重で賢い男だ。鴻上の伯父はよい家来を持つことになるだろう。

（弥五郎のような男のことを「掘り出し物」と言うのかも知れんな）

槙之輔にとって弥五郎は自慢の家来である。それにまだ若い。彼の未来を考えると、自然に頰が緩んできた。

自分は、この下屋敷で生涯を閉じる。長く生きても、残り三、四十年だ。本来の激しい性格を隠し、穏やかで好人物な元若殿様を演じきる。時折、小鳥か小動物でも獲って振る舞えば、鴻上家の連中も悪しくは扱わないはずだ。

(俺は所詮、猟師の孫なのだ。大名など分不相応だ。須崎家家臣百五十人の期待を担うなど、端から荷が重すぎた)

「兄上?」

(家族五人、路頭に迷わせないだけでも立派なものさ。俺の本分は猟師、それで十分じゃないか)

「兄上ッ!」

「あ、え?」

我に返った。すでに仙衛門は帰り、一人庭を眺めてぼんやりと座っていたのだ。廊下に義妹がたち、障子の陰から室内の義兄を窺っている——笑顔だ。よかった、機嫌がいいらしい。

「おう、綾乃、どうした?」

「母から伺いました。私、大奥へは行かずに済みそうですね。兄上のお陰です」

「俺は別に……でも、ま、よかったな」

「はい、よう御座いました」

綾乃は、微笑みながら槙之輔の傍らに座った――かなり近い。息がかかるほどの距離だ。槙之輔、少しにじり下がって間合いをとった。

嬉し気な綾乃の顔を見るうち、ふと、不安が頭をもたげた。

「お前、義母上から、なにか言われているのか？」

「なにを？」

「大奥入りをお断りした方法とか」

「別に。ただ兄上が断って下さった、と」

「ああ、そう」

「で、どうやってお断りなさったんですの？」

「それは……内緒だ」

「ま、意地悪ね」

と、悪戯(いたずら)っぽく笑って、槙之輔の膝を指で突いた。ほんの一瞬だったのだが、綾乃の指先から、彼女の温もりが伝わった気がしてドキマキした。ただでさえ、小袖に焚き込められた淡い香木の香で、理性を失いそうなのだ。妙な感情を払拭しようと槙之輔は立ち上がった。まるで逃げるようにして廊下へと歩み出る。

「もう、春だなァ」

と、伸びをする振りをしながら周囲を窺う。日頃、綾乃が槙之輔と二人きりになるときは必ず、陰のように付き添っている小絵女の姿が見えない。

（小絵女は、義母の命で俺を見張っているのだ。それがいないところを見ると、義母の俺に対する信用が、今回の件で「増した」ということかもしれんな）

「この調子で御座います。今後とも私にくる縁談は、ドンドンお断りになって下さいましね」

「そうもいかん。よい話であれば、俺は断らんよ」

「なぜ？　このままでもよいではありませんか」

「よくはない」

「なにが御不満？　私は、母と兄上と小絵女と弥五郎、五人での暮らしをたいそう気に入っております」

「今はよくても人は歳をとるものだ。いずれ小絵女や義母上も亡くなられる。だんだん人が減って行く。寂しくなるぞ」

「あの二人が亡くなったら寧ろ好都合……私たち、夫婦になりましょう」

「な……」

槙之輔、危うく腰が抜けそうになった。耳は元より、月代の天辺まで赤くなっていたはずだ。膝がガクガクと震えだし止まらない。家族の死を〝好都合〟とし、挙句には、さらりと「夫婦になろう」とまで言い出した。血縁こそないが、いやしくも妹が兄にいう台詞であろうか！

（そ、そうだ……綾乃は、大奥に入り浸る好色な父親と、よその男に平気で身をゆだねる淫蕩な母親の血を引いているのだ。油断は禁物だ。せめて俺がちゃんとしていないと、この家は……け、け、獣の棲家になってしまうぞ）

「冗談ですわ。戯言を真に受けて、なにを耳まで朱に染めておいでなのですか、恥ずかしい。馬鹿みたい」

との冷笑を残して、楚々とした姿かたちからは想像もできぬほどに、強烈な本性を隠し持つ義妹は立ち上がり、義兄に一礼すると廊下を歩み去った。

（俺は……な、なぶられている！）

廊下を往く義妹の尻の揺れを目で追いながら、槙之輔の膝はまだ震えが止まらなかった。

（四）

文政八年二月の十八日、今日は父の月命日である。待ちに待った外出日だ。岡村幸太夫に断りを入れた後、菅笠を目深にかぶり、弥五郎を連れて長屋門を出た。墓参の後はブラブラと歩き、反時計廻りに御城を一周して帰るつもり。ある事情があって、今日は蕎麦も、団子も我慢する。

実は、女たちが三人揃って「芝居小屋に行きたい」と言い出したのだ。

三人で木挽町へいくと、木戸銭が三百文の三人分で銭九百文。そこに弁当代が二百文と駕籠代が三人分の往復で千二百文かかり、〆て二千三百文――一分と二朱と五十文（概ね四万円）の出費だ。槙之輔の薄い財布には、かなりの痛手。だから蕎麦は我慢する。団子も控える。

見ると、弥五郎が番傘を幾本か束ね、筵に巻いて小脇に抱えている。

「なんだ、それは？」

「一応、用心のために、と思いまして」

と、弥五郎が筵を指で寛げて示すと、番傘の中に一振り、長脇差が見える。

元は足軽の弥五郎だが、今は下男――衣服も髷も町人の姿をしており、刀を佩びて歩くわけにはいかない。そこで護身用の脇差を、筵に隠して携帯していたのだ。ちなみに、長脇差は刀身が二尺未満で、比較的長めの脇差をさす。二尺を越すと大刀扱いになる。

「護身用と申すが、この三年余でそんなことをするのは初めてだろう。急に何故だ？」

「実は……」

弥五郎は昨今「妙な視線を感じる」というのだ。

「誰かに見張られているような気が致します」

「また、御庭番か？」

「それは分かりかねますが、用心するに越したことは御座いますまい」

と、脇差を隠した筵をかざして微笑んだ。

そう言えば、楨之輔にも思い当たる節がなくもない。気砲を手に繁みの中を歩いていていて、ふと人の気配――というよりも「前夜、そこに人がいた気配」を感じたことが幾度かあるのだ。獣のそれとは違う踏み分け道ができていたり、土の上に草履の跡があったり、ときに煙草の香がわずかに残っていたことすらある。物盗りを含め、大名屋敷の庭には意外と侵入者が多いものだが、ここひと月ほど、その頻度が上がっているように思えた。

　最近の経緯からすれば、綾乃が自分の娘だと知った家斉公が、それとなく「娘の暮らしぶりを調べている」と考えるのが通常であろうが——。

（ま、上様は、そんな子煩悩なお方ではなかろうな。古来「貴人は、情けを知らず」と申すから……では、誰だ？　誰が下屋敷の様子を窺っている？）

　そんなことを考えながらテクテクと歩いた。神田川沿いに西へ進み、湯島から駿河台に抜けたが、なにも起こらない。市ヶ谷御門に出ようと番町の武家地を突っ切った。

（心配は杞憂であったか……今日はなにも起こりそうにないな）

と、油断し始めた頃。辻番小屋からの視線が途絶えるのを見計らっていたように、背後から「もし」と声がかかった。

　槙之輔主従の足がピタリと止まる。

　陽はもうだいぶ傾いており、辺りに通行人の姿はない。槙之輔は左手の親指を大刀の鍔に当て、いつでも鯉口が切れるように身構えた。一方、弥五郎は筵に手を突っ込んでいる。恐らく、中で脇差の柄を握りしめているはずだ。

路地から二人の男が姿をあらわした。羽織袴に二刀を帯びている。歴とした武士に見える。

「卒爾ながら、須崎槙之輔様とお見受け致します」

(応えようがないな。俺は御預人だ。番町の武家地を歩いていることを俺が認めれば、鴻上家や幸太夫に迷惑がかかる)

黙っていると、相手の方が口を開いた。

「手前共は、とある幕閣の家臣に御座います。主人が須崎様をお連れするようにと、あちらの寺で待っております」

「行かぬ……という選択はできぬので御座ろうな?」

二人の背後からさらに十人ほどの武士たちが姿をあらわし、バラバラと散開して槙之輔主従を取り囲んだ。

「問答無用、か?」

「是非お連れせよと主人が申しておりますので」

(俺と弥五郎だ。多少は抵抗できようが、如何せん多勢に無勢か……ま、ここで無理はすまい)

「では、お会いしよう。連れていけ」

　槙之輔、刀の鍔から左手を離し、体側に垂らした。


　禅寺の書院で待っていたのは本物の幕閣であった。老中松平右京大夫輝延侯は高崎藩八万二千石の主である。でっぷりと肥えた体に赤ら顔。襟元には汗染みがにじんでいる。五十少し過ぎの男で、本間仙衛門から聞いていた印象――幕閣中随一の切れ者――とは幾分乖離して見えた。

「お初にお目にかかりまする。須崎槙之輔に御座います」

　と、平伏したが、右京大夫は睨むばかりで返事をしてくれない。不躾といえば不躾な態度である。現在は浪人の身分ではあるし、禁を破っての外出中なのだから、文句を言える立場ではないが。

「こともあろうに、御箱に訴状を入れるとは……呆れ果てた痴れ者よ。ワシは上様の御勘気を蒙ってしまったぞ!」

「申しわけ御座いません。切羽詰まりましたもので、つい」

　と、再び平伏した。

「目安に、なにを書いたのか?」

「それは、申し上げられません」

「貴公、まだ己が立場を分かっておらぬようだの。第一に、御預人が御府内を歩いている事実をワシは知っているぞ。第二に、日頃より鴻上家の下屋敷内を縦横に走り、狩猟を楽しんでおることも存じておる」

（この男だ。右京大夫が間者をはなち、深川下屋敷を探らせていたのだ）

「これが露見すれば、貴公〝これもん〟だな」

と、醜く脂のついた己がうなじを、扇子でポンポンと二度叩いた。打ち首を匂わせているつもりだろう。

「鴻上伊勢守もただでは済むまいし、須崎家再興は未来永劫ない話となる。分かるな？　その上で今一度訊く……目安に、なにを書いた？」

「……………」

もう、自分の人生は終わったのだと漸く気付いた。自分が、右京大夫に目安の内容を伝えることはない。今後どうなろうと、義母と義妹の名誉だけは守らねばならないからだ。当然、右京大夫は激昂するだろう。待っているのは破滅の道だけ——気付くのが遅すぎた。ま、もし気付くのが多少早くても、結果は変わらなかったのかも知れないが。

（今はこれまでだ。まずは深川へとって返し、公儀への詫び状……預人の身でありながら、狩猟をし、街に出歩いていたことを書き記した上で、腹を切ろう……そうだ。介錯なしの方がいい）

そもそも家斉公が、須崎家を嫌悪するのは、父の死にざまが無様だったからに他ならない。槙之輔が腹を切れば、就中、介錯なしで見事に自裁すれば、あるいは家斉公の恩情が期待できるやも知れない。大恩ある伊勢守や幸太夫への処分も幾分か和らぐ可能性がある。

（今は……これまでだ）

今一度、心の中で自分に言って聞かせた。

「これでもまだ申さぬか？　貴公、死ぬ気か？」

「………」

「ならば、もう訊くまい」

「え？」

思わず顔を上げ、右京大夫を見つめた。状況がよく呑みこめない。

「以降は、須崎殿と密談致すゆえ、席を外しておるように」

と、右京大夫は供廻りの家臣に呼びかけた。廊下などに控えていた数名の侍たちは一礼し、皆立ち去った。

「さ、ここからはさしで話そう。目安の内容、申さずともよいから……ワシの頼みを一つきいてくれぬか」

「？」

「貴公、鉄砲がたいそう上手であるそうな。それも音の出ぬ気砲とか申す得物を使いこなすそうだな」

（どうせ全部調べられているのだ。隠すことはあるまい）

「御意」

「本当に音がせぬのか？」

「極かすかな発射音に御座います」

「もってこいの得物よのう……暗殺には」

「！」

「ワシには政敵がおる。どうにも邪魔だ。かねてより『いなくなればよい』と思っておった。貴公、一つ運試しをしてみないか？」

（こやつ、俺に「政敵を狙撃せよ」と求めているのだ）

「もし見事に仕留めれば、家を再興させてやる。これは請け合う。伊勢守も鴻上藩も安泰だ。貴公の決断一つで、様々な恩に報いることができるぞ」

「手前は、これから深川に戻り、上様に謝罪文を書き残した上で自裁致します」

「上様の御厚情にすがろうとの腹か？」

「…………」

「しかし、ワシは老中だ。ワシの報告一つで上様を激怒させることも容易いのだぞ？　元々須崎の者は忌み嫌われておるのだからな。雑作もないことよ」

「…………」

「死ぬのはいつでもできる。わずかでも可能性のあるうちは、生きて戦うべきだ。悪いことは言わぬ。ワシの政敵を殺せ。人生を己が手で切り開け！」

恐ろしい男だと思った。物陰から、可能性という名の糸屑を一本だけ出し、揺らして誘っている。それを槙之輔が摑んだとして、糸屑の先の物陰にどれほど恐ろしいものが潜んでいるのか分からない。それでも追いつめられた槙之輔は、糸を摑むしかないのだ。

「ど、どなたを狙撃せよと？」

「その前に、まず『話に乗る』と明言せよ。それが順序であろう」

「…………」

優しい伯母の顔、伊勢守や幸太夫の笑顔、義母と家臣たち、そして綾乃の眼差しが脳裏に浮かんでは消えた。

是非に及ばず――須崎槙之輔、話に乗った。

（五）

〝気砲〟は、寛永年間（一六二四〜四四）にオランダから三代家光公へと献上された空気銃〝阿蘭陀風砲〟が基となっている。

下って文政元年（一八一八）、鉄砲鍛冶の国友一貫斎が、故障した風砲の修理を老中京極周防守から請け負った。一貫斎は、わずかひと月ほどで修理したが、やはり十七世紀の空気銃は性能が悪く「小児の玩具にひとしい」との言葉を残している。それでも、古板一枚程度は貫通したらしいが。

一貫斎は、風砲を修理する過程でその機構を習得した。その後、空気銃の自作を始め、翌文政二年、国産空気銃第一号を完成させる。しかも風砲に改良を加えたので、性能は大きく向上した。一貫斎はこれを〝気砲〟と名付けた。

気砲の口径は、三分七厘（約十一ミリ）、弾丸は鉛玉で一匁五分（約五・六グラム）、全長は四尺七寸（約百四十二センチ）、すべて特注品で価格は三十五両ほどもしたという。ちょうど百石取りの武士の年収に等しい。

基本的な仕組みは現代の空気銃とあまり変わらない。ただ、空気の込め方が現代のそれよりも随分と大仰だった。現代のそれは、手でレバーを十数回コッキングすれば撃てるが、気砲の場合、直立して全身を使い、把手（とって）を三、四百回も上下させて空気を入れた。勿論、四百回で一発ではない。二、三十発は連続して撃てる。

問題は、その性能だが――これはかなり強力だった。

同時代の欧州製空気銃は、射程八十から百二十メートルだったという――強烈である。気砲の威力について正式な記録は見当たらないが、大名たちが競って注文した点、文政四年には「あまりに危険」ということで幕府が製造を禁止した点に鑑（かんが）みて、恐らく欧州製と同程度か、それ以上の威力があったと思われる。

ちなみに、気砲の製造禁止を発布した老中は、大久保加賀守であった由。

「えッ、か、加賀守さまを？」

禅寺の書院で、標的の名を聞いたとき、槙之輔は思わず瞠目（どうもく）した。右京大夫の政敵――槙之輔の標的とは、その大久保加賀守だったからである。

発砲時の静穏性、射程の長さ、連発が効くことなどから「あまりに危険」と判断、製造を禁止した本人が、その気砲の標的にされるとは、なんと皮肉な巡り合わせであろうか。

大久保加賀守忠真はこの年四十八歳。小田原十一万三千石の太守である。槙之輔は六年前、加賀守と城中で一度会っている。例の〝粗相の家〟の一件を伝えてくれた老中が加賀守だったのだ。その時の印象は決して悪くなかった。率直で、飾る所がなく、常識をわきまえた大人——そんな印象だった。

（あの御仁を、俺が撃つのか……）

精神的に辛くなり、あまり長くは歩きたくない。赤坂溜池の水門の先、虎ノ御門の辺りで、弥五郎に命じて猪牙舟を拾わせた。深川まで一里ほど、概ね銭百五十文かかるが、節約などもうどうでもいい気分になっていた。

（狙撃にしくじれば、どうせ俺は死ぬことになるし、成功して家が再興されれば銭百五十文の出費を気にする必要はなくなるのだ……それにしても右京大夫の憎々しげな面……あやつ、本当に約束を守る気があるのだろうか？）

「加賀守をワシの視野から消せ。さすれば、須崎家再興は確約する」

と、右京大夫はその脂ぎった顔に薄笑いを浮かべて言った。

「恐れながら伺いまする。仮に手前が、加賀守様の狙撃に成功したと致します。その後、貴方様の御約束が守られる保証は？」

「口約束では不満か？」

（ふざけるな悪党！）

と、心中でこそ吼えたが、表面上は「何卒、よしなに」と平伏してみせた。

「頭を使え。もしワシが約定を反古にした場合、貴公はまた目安を箱に投函すればよいではないか。『加賀守暗殺の黒幕は右京大夫』とな。一度は自裁すると腹を括った貴公だ。死ぬ気で直訴されれば、ワシも流石に音をあげる。大いに困る。だから約定は必ず守る。今後は秘密を共有した者同士、一蓮托生、共に助け合って複雑怪奇な柳営を泳いで参ろうではないか、のう、須崎殿」

「……………」

言われた通り、槙之輔は頭を使っていた。

（つまり右京大夫は、いつ訴状を投函するやもしれぬ危険な俺を、決して生かしてはおかぬということだ）

仕事が済めば〝用済み〟とばかりに、槙之輔の口を封じる気なのだろう。老中の大久保を暗殺することは至難の技でも、若造の預人一人を闇に屠るぐらいはな

(糞ッ、それが分かっていてもなお、奴の策に乗るしかないのか……今この段階で「断る」という選択肢はなさそうだが……それにしても無念だ)

夕暮れの大川を横切る猪牙の船縁から、黒い水面を虚ろに眺めていた。


狙撃の方法、段取り、時季は槙之輔に一任された。要は「早々に殺せ」、その他は「お前に任せる」ということらしい。

(それはその方がやり易い。俺の猟人としてのやり方でやる)

下屋敷の廊下に腕枕で横になり、庭のソメイヨシノが風に散るのを眺めながら〝人を殺す策〟を練っている。

(な〜に、標的を加賀守とも、人とも思わねばよい。相手は裃をつけたクマだ。髷を結ったイノシシだ。そう思い成そう。繁みにうずくまり、ジッと息を潜めて幾日でも待てば、いずれ獲物は目の前に姿をあらわす。で、条件がよければ撃つ。条件がそろわなければ、無理をせず次の機会を待つ。いつか必ず好機は来る。狩りとはそういうものだ)

問題は、加賀守をどこで待ち伏せるかであろう。

十一万石の太守を狙える場所など、そうそうあるものではない。

まず、御城内は無理だ。銃器を抱えた浪人がウロウロ出来るほど警備は甘くない。芝浜松町の大久保家上屋敷に忍び込むのも諦めよう。この鴻上家の下屋敷などは長閑なものだが、大名家の上屋敷はどこもほとんど城郭なのだ。伊賀者でもないかぎり、忍び込んで庭に潜み、当主を狙うことなどできるわけがない。

となれば、御城と上屋敷の往復で狙うことになるが、五十歳前の加賀守が馬で登城することはありえない。すべて移動は乗物だ。気砲の威力をもってすれば、引戸を撃ち抜くことは容易いが、盲射しても急所には当たらないだろう。

（さて、どうするかな）

槙之輔、困ってしまった。

一陣の風が、サクラの花びらを舞い上げた。その風が妙に生暖かい。本日は、旧暦の二月十九日である。新暦になおせば四月の七日だ。

槙之輔は十四年前の夏、須崎から初めて江戸へきた。その道中、駕籠の中の暑さで閉口した覚えがある。あの時こそ、十二歳の槙之輔は、お供の意地悪な家老から引戸を開けることを禁じられ、それに唯々諾々と従った。しかし、その後は主命をふりかざして、必ず引戸を開けさせてきた。風を入れながら進まねば、駕籠の中は蒸し風呂状態になってしまうのだ。

（二十四節季の清明も過ぎた。これからは蒸し暑くなるばかり。加賀守も必ず駕籠の引戸を大きく開けて進むはずだ）

そうなれば、狙撃の機会が生まれるやも知れない。


幕臣は、激務とは無縁だった。小普請や寄合席は勿論、御役目のある者でも、出仕するのは月に数日である場合が多かった。下級幕臣が内職で糊口をしのいでいたことは有名だが、それも時間的な余裕があってのこと。要は、皆暇だったのである。

中で幾つかの例外があった。南北町奉行職や火盗改の出役は、激務で過労死者がでるほどだったし、勘定奉行も早朝から出仕して頑張っていたようだ。そして老中たちも、朝四つ（午前十時頃）には、毎日全員が登城していたのである。

槙之輔の標的は老中大久保加賀守だ。彼は芝に住んでいる。本来、老中は西の丸下に上屋敷を構えるものだが、加賀守は慣れ親しんだ芝の上屋敷に住み続けていた。よほど住み心地がよいのだろう。現在の浜松町駅から第一京浜に至る一帯が、すべて小田原藩大久保家の上屋敷だった。

登城時、加賀守の行列が芝を出るのは毎朝五つ半（午前九時頃）の少し前。浜松町などの町屋を抜けて愛宕下の大名小路に入る。幸橋を渡ればもう内曲輪だ。

（一旦幸橋を渡られると、もう俺が身を隠す場所はない。や、愛宕下も駄目だ。両側が大名屋敷で、二階建ての表長屋が延々と続いている。潜むことはできない。となると……）

上屋敷を出てすぐに始まり、四町（約四百四十メートル）ほど続く町屋のどこかで狙うことになりそうだ。

三月十八日。老中登城前の五つ（午前八時頃）から、槙之輔は一人で浜松町、神明町、三島町界隈を物色して歩いた。行列が通る往還を見晴らせる空家を探していたのだ。

弥五郎にも、加賀守暗殺を引き受けたことは一切話していない。今回ばかりは狙撃に成功しようが、しくじろうが、自分一人で完結させるつもりである。鋭敏な弥五郎のことだから、主が大きな荷物を背負い込んでいることは察しているだろうが、まさか老中を狙撃するなぞとは思ってもいまい。それほど、大それたくわだてなのだ。

五つ半過ぎ、先ぶれの侍が小走りに駆け抜け、加賀守の行列が来た。登城時の行列は、参勤交代時のような大仰なものではない。速足でゾロゾロと歩み去るだけ。毛槍も立てないし、人数も少ない。

見物の庶民たちも土下座などはしない。皆距離を置き、無礼がないようにしているだけで、知らぬ顔をしている。毎日同じ刻限に登城するので「ああ、加賀守様の御行列か」と見馴れている印象だ。

槙之輔、そっけない群衆にまぎれて、行列の様子を窺った。

（随分と歩みが速いな。それと、駕籠脇の侍が邪魔になるかもしれん）

色々と課題の発見があったが、重要なのはやはり〝駕籠の引戸〟である。

旧暦の三月十八日は、新暦だと五月五日だ。大分蒸し暑くなっているのだが、加賀守の駕籠は引戸が閉められていた。わずかに、小窓だけが開いている。明かり取り用の小さな窓だから、これでは狙えない。

（加賀守様は痩せておられたからなァ）

槙之輔は、六年前に会った加賀守の記憶をよみがえらせた。

（あまり暑がりではないのだろう。でも、夏はこれからだ。まだまだ暑くなる）

槙之輔も、須崎家世子として元は乗物に乗る身分だったのだ。己が経験に照らしても、いずれ引戸が開けられる日がくることを確信していた。

（ま、本腰を入れるのは、もうひと月してからでいいだろう）

目ぼしい空家に当たりをつけた上で、早々に深川へと帰参した。

（六）

四月の半ば、芒種（ぼうしゅ）が近くなると気温はぐんぐんと上昇した。新暦なら既に六月に入っている。乗物（かご）の中はさぞ暑苦しくなっているだろう。加賀守も引戸を開けているかもしれない。そろそろ――狙撃の季節である。

槙之輔としては、幸太夫と家族を上手くあざむく必要があった。連日、屋敷を抜け出さねばならないからだ。まず、書庫で見つけた大般若経（だいはんにゃきょう）十六部六百巻を、弥五郎と協力して自室へと運び入れた。

「し、写経（しゃきょう）に御座いますか？」

「うん、亡き父母の供養（くよう）にと思ってな……でも幸太夫、ここだけの話だが、実は俺も生き物を殺（あや）めてばかりで後生（ごしょう）が不安なのだ」

「ほう、後生が？」

――よく呑みこめないようだ。間抜け面をして、槙之輔を見つめている。幸太夫、相変わらず勘が鈍い。飲みこみが悪い。

「だからァ……殺生が過ぎて地獄に往くのが怖いから、写経をすると申しておるのだ」

「あ、なるほど……や、素晴らしい。是非、おやりなさいまし。お心に平安が訪れましょう」

(こんなボンクラでも、毎日呑気に暮らしていけるのに、なぜ俺ばかりが、こう重荷ばかりを背負い込まねばならぬのかなァ)

と、心中で愚痴ったが、こればかりはどうしようもない。

「ただな、なにせ大般若経は六百巻だ。毎晩徹夜になるやもしれん。朝は四つ過ぎまで寝ることになると思うが、起こさないでいてくれるか?」

善良な幸太夫を騙すのは心苦しかったが、未明に屋敷を抜け出し、一里半離れた芝で、五つ半の登城時に狙撃の機会をうかがう。引き返して四つには自室に戻っている――そんな無茶な日課を続けるためには、どうしても必要な嘘だったのだ。

「勿論に御座います。配下の者にも『四つまでは西ノ館には近づくな』と、きつく命じておきまする」

「すまんな、頼む」

人殺しを完遂するためにつく嘘が「写経をする」――なんとも皮肉な取り合わせではある。

三人の女衆にも同じ嘘をついた。加代と小絵女は涙ぐみ「生き物を殺め続けた残虐非道な槇之輔殿が、ついに改心された」と大喜びしてくれた。

（俺が獲ってくる獲物を、美味い美味いと喰いながら、よくも残虐非道なぞといえたものだ……まったく、身勝手すぎる）

と、内心では不満もあったのだが、ま、一応目的は達した。

弥五郎のあつかいは微妙であった。彼にも槇之輔の本懐は教えられない。今後のことがあるからだ。恨みもなく、仇でもない幕閣を撃ち殺す没義道な主人の姿など見せたくない。弥五郎の忠誠心もグラつこうというものだ。さりとて、彼の協力がなければ、下屋敷を毎日抜け出すことなどとてもできない。屋敷を空ける三刻（約六時間）の間、弥五郎には、槇之輔の部屋の前で誰も部屋に入らぬよう番をしていてもらわねばならないからだ。

「なにも訊かずに、俺の下知のままに動け。お前は不満だろうが、こんなことは二度としない。今回だけだから、臍を曲げずに言うことだけをきいてくれ」

「ぎ、御意ッ」

これで大丈夫。足元は完全に固めた。後は性根をすえて、加賀守暗殺に邁進すればいいだけだ——ただ、なにかもう一つ、重要なことを忘れているような気がしてならないのだが、なんであったろう。


その夜から、灯りを点けたままで寝た。夜を徹し、写経する風を装うのだ。

翌朝は七つ（午前四時頃）に起床した。夏至が近いのでもうかなり明るい。身支度をすまし、気砲を筵に巻いて廊下に出ると、すでに弥五郎が庭に控えていた。

「おう、早いな」

小声で呼びかけた。

「御武運を」

「うん、行って参る」

察しのいい元足軽が叩頭するのに、無理な笑顔で頷き返した。

庭に降り、藪のなかを歩き出した。草の露が袴の裾を濡らす。門から堂々と出ると、幾ら早朝とはいえ、誰の目に留まるやも知れない。庭を突っ切って進み、築地塀（ついじべい）を越えて往還にでるつもりだ。

深川の下屋敷から芝まで一里半ある。槙之輔の脚で駆け続ければ四半刻（三十分）で着く距離だ。ただ、あまり町中を急ぐと変に目立つし、息が上がっていては狙撃に障（さわ）るから、半刻（一時間）以上かけて着くように歩みを調整した。

毎朝の登城時、上屋敷を出た加賀守の行列は、東海道に出てから三町ほど北上する。現在の国道十五号線（第一京浜）を大門（だいもん）交差点から浜松町一丁目交差点まで進む、と思ってほしい。その間、東海道の両側はズッと町屋が続いている。当然、空家や木立（こだち）もあるから狙撃の拠点は確保しやすかった。

大門をまがってすぐの神明町に手頃な空家を借りておいた。東海道に面した二階は虫籠窓（むしかごまど）になっており、内側の障子を破れば、目立つこと無く銃口を東海道に向けることができた。

筵から気砲を取り出し、羽織を脱ぎ、袴の股立（ももだ）ちをとり、小袖に襷（たすき）をかけた。障子をあらかじめ一尺四方破いておいたので、その穴から路面に照準をあわせてみる――なかなか具合がいい。

東海道の道幅は基本六間（十・八メートル）だから、行列が道の真ん中を進むとして、射撃距離は三間（五・四メートル）ほど――銃口を押しつけて撃つようなもので外しようがない。

（ただ……寧ろ、近すぎるかな）

いくら気砲が静かだといっても、わずか三間の距離で撃てば、供の侍たちは発射音に気付き、一斉にこちらを見るかもしれない。

（狙撃に成功すれば「それで終わり」というわけにはいかぬ。しばらくは誰にも気づかれたくない。さっさと狙撃場所を離脱し、帰途につく。そこまで気付かれずにいて、初めて成功といえるのだからな）

発射音のことを考えれば、もう少し標的までの距離があった方がいい――せめて十間（十八メートル）は離れていたい。となると、折角借りたこの空家も「使えない」ということだ。

（行列の進路にそって、もう少し先まで歩いてみるか）

空家を出て東海道を北上した。

やがて左折して西へ二町進み、さらに右へまがって愛宕下の大名小路に入る。ここは（道幅もさることながら）両側にズッと大名屋敷が続いている。狙撃場所の確保が難しそうだ。

十町北上すると、大名小路は外濠に突き当たった。そこから先は、江戸城の内曲輪だ。

行列は広小路を突っ切り、幸橋を渡るだろう。

（幸橋の右手前、広小路に面して町屋があるな……二葉町か。あそこなら空家がありそうだし、狙撃距離も充分にとれる。よし、二葉町で空家を探すとしよう）

そう決めて、一町ほど離れた町屋へ向かい歩き出した。

空家を物色しているとき、背後を加賀守の行列が通過した。チラチラとうかがうと広小路の真ん中を突っ切っている。今ここから狙えば、距離は二十間（三十六メートル）ほどか。狙うに遠からず、さりとて発射音もきこえまい。丁度いい距離だ。

そして加賀守の乗物――なんと、半分ほどだが、引戸が開かれているではないか。さすがに暑くなってきて、風を入れているのだろう。

（まだまだ暑くなる。いずれ全開にするさ……これなら、行ける）

と、ほくそ笑んだ。行列は案の定、幸橋を渡って城内へと消えて行った。

（うん、今日のところはこれで十分だろう）

帰路は駆けた。早朝にくらべ人通りが多く、走ってもそうは目立たない。また、息が乱れてもこれから狙撃をするわけではないから、安心して駆けた。お陰で、深川についたのは四つの大分前、随分ゆとりがあった。


それ以降、毎朝二葉町まで通った。

広小路に面した一角にたつ仕舞屋を借りた。元は居酒屋の店舗で、店を閉めた後、主人夫婦が五年ほど暮らしていた由。二階が座敷になっており、広場をよく見渡せた。虫籠窓でこそなかったが、標的との間には十分な距離があるので、銃口を見咎められる心配はないと高をくくり、障子を少し破った。

その障子の穴から毎朝、気合をこめて照準するのだが、しばらく涼しい日が続いたためか、加賀守はここ数日、乗物の引戸を閉めていた。これでは撃てない。

(猟とはこういうものだ。好条件が整うまで待つしかない。「待てない猟師は大成しない」と山爺がいつも言っておったわ)

その日は、朝から大分気温が上がった。

期待を込めて加賀守の乗物を待つことにする。

五つ半、前触れの侍が駆け抜け、広小路にたむろする人の群れが左右に割れた。御老中の行列を通すため、庶民が道を譲ったのだ。

(さ、来るぞ)

と、ゆっくり息を吐き、手の指を揉んで気分を落ち着かせた。

行列が来た。遠目にも明らかなほど、乗物の引戸を全開にして近づいて来る。

(よし、ついに来た!)

と、気砲を構えた。

だんだん行列が接近する。

供の中間や陸尺、侍たちの表情までが見えるようになった。引戸を大きく開けた乗物が目の前を通過する——千載一遇の好機だ。

槙之輔は、引金にかけた指に少しずつ力を込めていく——が、一瞬、力を緩めて短く息を吐いた。

乗物の中、加賀守が饅頭を食っていたのだ。

厳密には分からない。餅か芋かもしれない。なにしろ、微笑みながら右手に持った食品を頬張り、モグモグとそれは嬉しそうに——よほどの好物なのだろう。

(ま、今朝でなくともいい。饅頭に免じて見逃してやる。また、明日狙おう)

そう思って帰り支度を始めたのだが、ふと手が止まった。

(俺は……大丈夫か)

今まで「餌をあさっている最中だから」との理由で、仏心(ほとけごころ)を起こし、獲物を見逃したことなど一度もなかった。むしろ、獣の油断につけこみ、好機到来とばかりに嬉々として引金を引いたものだ。

それが、どうしたことだろう——今朝に限っては、撃てなかったのだ。

色々と理由は考えられた。

先ず、加賀守は知り合いである。言葉を交わしたのは六年前に一度だけだが、父の死の直後、親身になって対応してくれた印象がある。また、名君との世評も聞いている。総じて、尊敬に値する人物であるようなのだ。それが第一点。

次に、やはり獣を撃つのと、人を撃つのは〝違う〟ということだ。

当初、槙之輔は、初めて人を狙うにあたり「クマやイノシシのつもりで撃つ」と思い込むことで平常心を保とうとしていた。それが、好物を食い、莞爾(かんじ)と微笑(ほほえ)んだ加賀守の表情——そのあまりにも人間的な所作——を見せつけられたことで、自分が撃とうとしているのが獣ではなく人間である事実を、改めて認識させられた。それで撃てなかった。

（猟師失格か……理由はどうあれ、次回は必ず撃つ）

猟師は生きるために獣を撃つ。槙之輔が加賀守を撃つのも、同じく「生きるため」だ。加賀守を殺さねば、右京大夫によって槙之輔の方が抹殺される。

（心を鬼にして、生きるために撃とう）

こっそり仕舞屋の裏から出ると、数名の女たちと目が合った。

槙之輔を睨みつけながら、井戸端でなにやら言葉を交わしている。近所のおかみさん連中だ。

（もうここに通い詰めて七日になるのか……そろそろ世間の目が五月蠅くなってきたようだな）

毎朝、同じ時刻に来て、同じように帰る若い侍——しかも、異様な殺気を発散させている——「何者だろう」「胡散臭いね」と噂になってしまったようだ。

（ここはもう駄目だ。河岸を換えよう）

そう思いながらも、女たちに笑顔で会釈をし、帰途についた。

（七）

深川まで一気に駆け戻り、下屋敷の築地塀を乗り越えようとしたとき、ふと思い出した。

（そうだ。山爺たちも「子連れの雌は撃たない」といっていたな）

子熊や小鹿、瓜ぼうを獲ってもあまり食うところはない。その場は母子を見逃し、後に子が成獣となってから撃てば「母子併せて倍の収穫となる」という猟師ならではの算盤だ。

（ただ、あれも、母子の睦まじい姿を目の当たりにして仏心をおこし、引金を引けなかった猟師の〝自分への言い逃れ〟かもしれん……なんだ、俺と一緒じゃないか）

そんなことを考えながら草叢の中を歩いた。

しばらく進むと、離れの方から男女の言い争う声が流れてきた。枝垂れた楓の木陰から様子を窺うと、槙之輔の部屋の前で、弥五郎と綾乃が揉めている。

（そうだ。綾乃への手当てを忘れていたのだ……しまったなァ）

「そこをおどきなさい。なぜ、止めるのですか！」

「お嬢様、どうぞご勘弁ください。手前が旦那様に叱られまする」

障子を閉めきって鎮(しず)まる槙之輔の部屋に「入れろ、入れない」で口論となっているのだ。

「おいおい、どうした？」

木陰から数歩踏み出し、わざと明るく声をかけた。槙之輔に気付いた弥五郎が慌てて廊下に平伏する。

「兄上、どちらにおでましに？」

「や、ウサギでも撃とうか、と」

「羽織袴で？　気砲は筵にくるまれて？　下手な嘘は、お止め下さいまし！」

「…………」

弥五郎に目配せして下がらせた。妹に叱られる主の姿を見せるには忍びない。

槙之輔が連日、早朝から屋敷を抜け出すのに、綾乃は気付いていた。

当初こそ「女でもできたか」と気を揉んだが、気砲を手に「密会もあるまい」と思うようになった。ただ、女の勘は「危ないことに手を染めておられる」と告げており、気が気でなかったらしい。

「で、気砲を手に、朝から連日のおでまし……一体どこで、なにをなさっておいでなのですか？」

「まるで奉行所の詮議だな」

「真剣に伺っております！」

澄んだ美しい目で強く睨まれた。

「ま、家族(みうち)にも言えないことはあるさ。お前も、俺の下手な嘘を聞きたくないのなら、もうそれ以上問い詰めんでくれ」

庭を相前後して歩きながら綾乃と話した。

「私は兄上のお人柄を信じております。決して兄上の方から進んで人の道を踏み外すことは御座いますまい。でも、世の中には悪い方が大勢おられます。兄上の若様気質(かたぎ)に乗じようと狙っている。その点、私は心配でなりません」

(若様気質か……よほど俺は、好人物にみえるのだろうな……や、見えるだけではない。確かに確かに人の好いところがある。俺はまだまだ甘い)

今しがたも仏心を起こし、撃つべき獲物を撃てなかった。色々と己が甘さについて考え込んでいただけに、綾乃の指摘は心に刺さった。

「お前は悪い奴と申すが、悪い奴が悪い顔をしているわけではないから始末が悪い。どうやって見分ける？」

「御家再興、私共家族、元家臣たち……兄上が大事に思っている事柄を質にとり、兄上の能力を使おうとする者がいれば、その者はおおむね、悪人に御座いましょう」

（参ったな。ほとんど右京大夫のことではないか）

「やはり悪人は恐いか？」

「役に立つうちは利用され、役に立たなくなれば遺棄されます」

「……」

もしこのまま加賀守を撃てなかったら、必ず右京大夫は槙之輔を破滅させるだろう。また、仮に加賀守を暗殺できたとしても、その後「右京大夫は、俺の口を封じるのではないか」との危惧は以前からあり、頭から離れない。いきなり刺客を送られて密殺されたら、目安箱への直訴も間に合わないだろう。

「……でもね」

数歩先を歩いていた綾乃が足を止め、槙之輔に振り返った。いたずらっぽく微笑んでいる。

「兄上のそういうお人柄が、綾乃は大好きなのですけどね」

「つまり、お人好しだから、お前は俺を好いていてくれるということか……その、兄としてな」

「兄としても、人としても……一人の殿方としても、です」

「………」

口元から微笑みが消え、槙之輔の目を真っ直ぐにみつめてくる綾乃の情念に気圧され、思わず視線を逸らした。またしても膝がガクガクと震え始めている。心のどこかで「この臆病者め」と、叱責嘲笑する声が聞こえた。猟場では、クマもイノシシも恐れぬ豪気な槙之輔だが、綾乃だけは心底から恐ろしい。どう扱ってよいのやら見当もつかない。そして——狂おしいほどに、愛おしい。

その日の午後、本間仙衛門が一人で下屋敷を訪れた。

「御老中、松平右京大夫様から、槙之輔様に御伝言を託されて参りました」

「伝言?」

「はい、『約定はこのひと月の内に完遂するように』と……それだけ申せば、槙之輔様には伝わるからと仰せで」

「ひと月と申されたのか?」

「御意ッ。しかと〝ひと月〟で御座いました」

（糞ッ、刻限を切ってきたか……しかも、ひと月とは短い。俺の尻を蹴ってるつもりだろう！）

「一体全体、どんなお話に御座いましょうか？」

「うん、一度ウサギを食いたいと仰せでな」

「ウ、ウサギに御座いますか？」

「そう、ウサギだ」

穏やかに応えたつもりだが、心中ではかなり焦っていた。期限は一ヶ月。しかも、成功しても後の保証はない。かなりの確率で口をふさがれる。

（どうするかなア）

と、しばらく心中で苦吟していたが、ふと違う発想が頭に浮かんだ。

「な、仙衛門？」

「はッ」

「右京大夫様は、そなたにウサギのことを、本当になにも仰らなかったのか？遠まわしに匂わせるようなこともなかったか？」

「御意ッ。ただ〝約定〟とだけ……『そう申せば分かるから』と」

「その場には、そなたと御老中の他に誰がいた？」

「御老中と手前の二人きりに御座います……御人払いをなさいましたから」

槙之輔に狙撃を命じたときも、右京大夫は家臣全員を下がらせていた。

「小姓もか？」

「御意」

「隣室は？」

「昨今の蒸し暑さ、襖も障子も開けはなたれておりました。隣室や廊下にはどなたもおられなかったはずに御座います」

「……ふ〜ん」

「なんぞ、御座いますのか？」

「や、大したことではない。ウサギの件で少し気になっただけだ」

「………」

（恐らく右京大夫は、側近にも加賀守狙撃の件を漏らしてはおるまい。現に俺も、仙衛門や源蔵は勿論、綾乃や弥五郎にすら明かしておらんのだからな。ことがことだ、言えるわけがない。つまりこのことは俺と右京大夫、二人だけの密事というわけか……ただ、そうなると、これは少し面白いかも知れぬなァ）

思案を続ける槙之輔の頰が少し緩んだ。その表情を伺っていた仙衛門が、にわかに威儀をただし、平伏した。

「槙之輔様！」

仙衛門は顔を上げると、身を乗り出し、槙之輔の顔を覗きこんだ。

「手前は、今も貴方様の家来に御座います。主の不利になるようなことは、例え口が裂けようとも漏らしません。ですから手前には、なにごとも腹蔵なくおあかし下され！」

興奮した元江戸家老の両眼が潤んでいる。

（ま、それはそうだろうな。思わせぶりに様々訊きただし、その後はウサギ云々、見え見えの出鱈目で誤魔化しにかかる……仙衛門ならずとも不満に思うはずだ。ま、すべてを話すわけにはいかんが、ここは配慮を示さねばなるまい）

「元より、そなたのことは信頼しておる。そなたと源蔵は俺の股肱だ」

「でしたら、何故？」

「いずれ話すときもくる。なにも訊かずに、今日のところは〝ウサギ〟でこらえていて欲しい。頼む」

「……………」

旧主から頭を垂れられ、さすがの仙衛門も、深い嘆息とともに平伏した。

槙之輔は、目の前にある元家老の頭を見つめた——最近、白髪が目立つ。仙衛門は今年で確か四十九だ。父が亡くなった年齢に近い。

「今後は『人を使い、人を生かす君主の知恵』を学ぶように致せ、分かるな？」

ふと、亡父の言葉が思い出された。

（今の俺は、すべてを自分でやろうとしている。「仙衛門や源蔵が頼りにならぬから」と弁解してきたが、結局のところ、家臣を動かす俺の器量が足らぬだけのことだ。俺は今でも一騎駆けの槍武者にすぎない。庭師にはなりきれず、一介の植木職のまま……俺は、大名には向かんのかもなァ）

ただ、やるべきことはすでに決まっていた。

要は、老中の狙撃だ。密かに潜行し、慎重に照準し、引金を引く。そして供廻りが変事に気付き騒ぎ出す前に現場を離脱する——それだけ。いまさら源蔵たちに分担させることなどなにもない。すべて自分が一人でやりきる仕事だ。

それでも槙之輔は、亡父の教えに忠実でありたいと思った。

（仙衛門や源蔵たちを動かし、役割を分担し、旧須崎藩の力を結集する形で成し遂げられれば、それが一番なのだ。今後のこともある。どんな些細な役目でもいい

から家臣たちにも担わせるべきだ）

「仙衛門……そなたと源蔵、森子太郎に頼みたいことがある」

「なんで御座いましょう？」

嬉しそうに、元家老が身を乗り出した。

「うん、とても大事な役目なのだが、頼めるか？」

「御意」

「実はな……」

と、槙之輔は仙衛門の耳元に何事かを囁いた。

終章　太った獲物

ほの暗い青木の繁(しげ)みの中から、ソッと銃口だけをのぞかせた。

真鍮(しんちゅう)製の細長い撃鉄をゆっくりと引き起こす。機関部がカチリと小さく鳴り、撃鉄は固定された。後は引金を引けば発砲となる——しかし、今日の槙之輔はあえて撃たなかった。

「ま、止めておこうか」

そう呟(つぶや)いて体をむくりと起こすと、キジは慌てた様子で羽ばたき、池の上を低く飛んで対岸の繁みへと姿を消した。

「如何(いかが)されましたか？　撃てたのに」

傍らで岡村幸太夫が、不満そうに顔をしかめた。

「ま、なんとなく殺生(せっしょう)の気分ではないのだ」

藪(やぶ)の中で立ち上がり、撃鉄を元に戻し、気砲を肩に担(かつ)いだ。

殺生の気分ではない——無理はないだろう。実は今朝、人一人をこの気砲で射殺してきたばかりなのだから。人生二十六年間で、初めて人を殺した。

槙之輔は自分の精神を守らねばならない。よって今朝のことは「決して特別のことをしたわけではない」と思うようにしている。乗物の中の男に向けて淡々と引金を引いた——それだけ。感慨も後悔もない。ただ無心になすべきことをなしただけだ。しかし、そうは言っても、やはり幾何かの感情の高ぶりはあるわけだから——ま、そんなこんなで、今日はキジを撃たなかった次第だ。

「急に写経も止めると仰るし……どこかお具合でもお悪いのでは？」

「や、いたって元気だよ……ん？」

藪の中を走る足音が近づいてくる。

（あれは……弥五郎だな）

はたして長谷川弥五郎が姿をあらわし、草の上に控えた。

「御留守居役様に申し上げまする。鴻上家上屋敷からの御連絡で……今朝、御老中が突然、お亡くなりになった由に御座います」

「ほう御老中が？　どなただ？」

「松平右京大夫様に御座います。御乗物の中で急に身まかられた由」

「槇之輔様、私、ちょっと……では、御免」

と、幸太夫は槇之輔に一礼すると、母屋に向けて足早にたち去った。荒れ果てた下屋敷の留守居役でも、老中が急死したとなれば、外様大名家としては、色々と心配せねばならぬこともあるのだろう。

草叢に、槇之輔と弥五郎だけが残された。

しばらくの間、主従は黙って風の音を聞いていた。

「正直、意外で御座いました」

弥五郎が声を絞って囁いた。

「なにが？」

「手前が想像していたのは……旦那様は、右京大夫様から命じられた〝別のどなたか〟を狙撃されるのだろうとばかり」

(なんだ、見透かされていたのか……やはり弥五郎は聡いな)

「お前の申す通りだ。当初、俺の標的は別の男だった。事実、本気で撃つつもりでいた。しかし、戦場ならいざしらず、仇も恨みもない人間を簡単に撃てるものではないことを知った……俺には彼を撃つ動機がなかったのだ」

弥五郎が真剣な眼差しをむけ聞いている。

「俺は困った。撃たなければ右京大夫は俺を破滅させるだろう。俺だけならいいが、周りの恩ある人々まで巻き添えにしてしまうのは困る。なんとしても避けねばならない。となれば、俺のとるべき道は一つしかなかったのだ」

「御意ッ」

右京大夫は、乗物の引戸を全開にし、暑そうに熨斗目の前をくつろげ、風を入れながらやってきた。扇子を広げ、バタバタと扇いでいる。

槙之輔は、火除空地の草叢の中に伏し、右京大夫の耳の穴を狙っていた。標的まで二十間（三十六メートル）ほど——点で急所を狙えるギリギリの距離だ。しかも、乗物は不規則に揺れている。

（結局俺は、大した男ではないのだ。剣の腕は源蔵に劣り、政は仙衛門に劣る。人事の妙は父上や伯母上に遠く及ばない。ただ、譲れないものもある。射撃の腕と標的を狙う際の落ち着きだ。これだけは誰にも負けない。負けたくない）

最後に一つだけ自分に残された才能で、己が未来を拓けるのか——正に、運試しであった。

槙之輔は息をゆっくりと吐き、そして止めた。一瞬、すべてが静止した。引金にかける指の力を次第に増していく。

プシュン！

圧搾(あっさく)された空気に押し出された鉛弾(なまりだま)は二十間を飛び、耳穴の奥にめり込んだ。脳幹部を破壊された右京大夫は、恐らく即死であったろう。右京大夫の体は、そのまま射入側を上にして倒れたので、血が耳の内部で凝固(ぎょうこ)し、外に流れ出なかったものと思われる。供侍(ともざむらい)が異変に気付いたのは、行列が二町も行き過ぎたころであったらしい。その頃には、槙之輔はすでに、なにくわぬ顔で往還(おうかん)を歩いていたのだ。

この時代、検死はされるが解剖(かいぼう)があるわけではないから、肥満した中年男の突然死は〝卒中(そっちゅう)〟という結論に落ち着いたものと思われた。

「俺は右京大夫が嫌いだった。だから標的を奴に換えたし、事実平常心で撃つことができた。人一人を殺すのは同じなのだが、五感は感情に左右されるからな。もし右京大夫以外の標的を無理に狙っていたら、おそらく外していたと思う」

「そ、それにしましても、現役の御老中を狙撃とは……随分と思い切ったことをなされましたな」

「なに、窮鼠が猫を嚙んだだけさ」

本日は、梅雨の晴れ間である。草叢を渡る風は、どこか湿り気をおびていた。

「明日には、梅雨空が戻りそうだな……弥五郎、俺たちも御家再興を目指し、また頑張ろうぞ！」

「御意ッ」

槙之輔は、肩に担いだ気砲の銃床を手で支え、弥五郎を促し、西ノ館へ向けてゆっくりと歩きはじめた。


その日の夜、神田久右エ門町の居酒屋で三人の武士が酒を酌んでいた。

二刀を佩び、身なりこそ悪くないが、どうも主持ちではなさそうだ。大酒を飲むでもなく、放歌高吟するでもない。ボソボソと小声で囁き合っている。

「手前は、芝増上寺に詣でました」

「ワシは浅草常念寺の須崎家墓所じゃ」

「俺は神田明神で祈願した」

三人は、旧主に命じられるまま、今朝ほどそれぞれ指定された寺社に参り「須崎槙之輔の心願成就」の願掛けを行ってきたのだ。

「まさか、御老中の急死と我らが〝願掛け〟、なんぞ関係があるのではありますまいな」

陰鬱な表情の優男が声を絞った。

「どういうことだ？」

ひと際体格のいい武芸者風が訊き返す。

「あのお方には、狩人の血が流れておられる。なんぞ怪しの魔術でも使われるのではないか、と」

「つまり、呪詛的なことか？　呪術で御老中を……その……まさか、ありえん」

「御家老、そもそも槇之輔様は、なんと仰せだったのですか？」

「五月十八日、子太郎は増上寺で、源蔵は神田明神で、ワシは須崎家墓所で、それぞれ『槇之輔の心願成就の願掛けをするように』との仰せだった。とても重要な御役目だから『心して祈るように』と……それだけじゃ」

優男から、御家老と呼ばれた壮年の武士が応えた。

「で、槇之輔様の心願とは、なんで御座いましょうか？」

「勿論、須崎家の再興であろう……とは思うが、詳しくは知らん」

「ただ、御老中は確かに卒中で亡くなられたのです。槇之輔様の願掛けと日付が重なったのは偶然の一致で御座いましょう。そう思わねば、気味が悪い」

　そう言って武芸者風が盃をあおった。

「それにしても、寺社仏閣へ詣でることが〝大事な御役目〟とは……手前は一体全体、如何なる役割を果たしたので御座いましょうか？」

「ワシにもよう分からぬが……そうじゃ、最後につけ加えて、独り言のように呟かれたな」

「ほう、なんと仰せで？」

「確か『例えこんなことでも、庭師への第一歩になればいい』とか……」

「に、庭師への第一歩？」

「……意味が解らん」

　三人は押し黙り、しばらく酒に集中した。

「御家老は、あのお方を、どのように見ておいでですか？」

　沈黙に耐えきれなくなった荒武者が小声で訊ねた。

「そうさな……腹が据わり、腕が立ち、知恵がまわる。気配りも出来る。なかなかおらん出来物だとは思う……ただ」

「ただ？」

「御自分の周囲に高い壁をめぐらせておられて、ワシら家臣にも決して胸襟を開いてはくれない……そこがちと寂しい」

「ああ、それ、分かりまするな。本音がどこにあるのか皆目読めない」

「手前などは『ああ、俺は信頼されていないのだな』とよく感じます」

「それは、俺も同じよ。今少し我らを信頼してくれればいいのになァ」

と、荒武者がチロリをつかみ、優男の盃に酒を注いだ。

「ま、色々と難しいところもおありになるが……我々は、あのお方について行くしかないのだ。あのお方を抜きに、須崎家再興の目はないのだから」

「……御意」

「ただ、俺は……」

「俺は？」

言いよどんだ武芸者風に御家老が質した。

「俺は、あの方が好きです。上手くは言えぬが、あの方の悲し気な目を見ていると、胸が圧し潰されそうになる。今は御自分の資質を持て余しておられるようだが、いずれ、とてつもない名君になられる……そんな気が致します」

と、語り終えた武芸者風の両眼から涙が流れ落ちた。

「………」

三人は期せずして同時に盃をあおった。

一〇〇字書評

切・り・取・り・線

購買動機（新聞、雑誌名を記入するか、あるいは○をつけてください）	
□（　　　　　　　　　　）の広告を見て	
□（　　　　　　　　　　）の書評を見て	
□ 知人のすすめで	□ タイトルに惹かれて
□ カバーが良かったから	□ 内容が面白そうだから
□ 好きな作家だから	□ 好きな分野の本だから

・最近、最も感銘を受けた作品名をお書き下さい

・あなたのお好きな作家名をお書き下さい

・その他、ご要望がありましたらお書き下さい

住所	〒				
氏名		職業		年齢	
Eメール	※携帯には配信できません	新刊情報等のメール配信を 希望する・しない			

この本の感想を、編集部までお寄せいただけたらありがたく存じます。今後の企画の参考にさせていただきます。Eメールでも結構です。

いただいた「一〇〇字書評」は、新聞・雑誌等に紹介させていただくことがあります。その場合はお礼として特製図書カードを差し上げます。

前ページの原稿用紙に書評をお書きの上、切り取り、左記までお送り下さい。宛先の住所は不要です。

なお、ご記入いただいたお名前、ご住所等は、書評紹介の事前了解、謝礼のお届けのためだけに利用し、そのほかの目的のために利用することはありません。

〒一〇一-八七〇一
祥伝社文庫編集長　坂口芳和
電話　〇三（三二六五）二〇八〇

祥伝社ホームページの「ブックレビュー」からも、書き込めます。

http://www.shodensha.co.jp/bookreview/

祥伝社文庫

すっからかん 落ちぶれ若様奮闘記

平成29年10月20日　初版第1刷発行

著者　経塚丸雄

発行者　辻　浩明

発行所　祥伝社

東京都千代田区神田神保町3-3

〒101-8701

電話　03（3265）2081（販売部）

電話　03（3265）2080（編集部）

電話　03（3265）3622（業務部）

http://www.shodensha.co.jp/

編集協力　㈱アップルシード・エージェンシー

印刷所　萩原印刷

製本所　ナショナル製本

Printed in Japan ©2017, Maruo Kyozuka ISBN978-4-396-34363-7 C0193

祥伝社文庫の好評既刊

門田泰明　半斬(はんざん)ノ蝶(ちょう)〈上〉　浮世絵宗次日月抄

面妖な大名風集団との遭遇、それが凶事の幕開けだった――。忍び寄る黒衣の剣客！　宗次、かつてない危機に！

門田泰明　半斬ノ蝶〈下〉　浮世絵宗次日月抄

怒濤の如き激情剣法対華麗なる揚真(ようしん)流(りゅう)最高奥義！　壮絶な終幕、そして悲しき別離……。最興奮の衝撃!!

門田泰明　皇帝の剣〈上〉　浮世絵宗次日月抄

絢爛(けんらん)たる都で相次ぐ戦慄の事態！　悲運の大帝、重大なる秘命、強大な公家剣客集団――宗次の撃滅剣が閃(ひらめ)く！

門田泰明　皇帝の剣〈下〉　浮世絵宗次日月抄

太平の世を乱さんとする陰謀。闇で蠢(うごめ)く幕府最高権力者――京に最大の危機!!　書下ろし「悠(ゆう)と宗次の初恋旅」収録。

門田泰明　浮世絵宗次日月抄　命賭(いのちか)け候(そうろう)〈特別改訂版〉

華麗な剣の舞、壮絶な男の激突。天下一の浮世絵師、哀しくも切ない出生の秘密!?　書下ろし「くノ一母情」収録。

山本一力　深川駕籠　花明かり

新太郎が尽力した、余命わずかな老女のための桜見物が、心無い横槍で一転、千両を賭けた早駕籠勝負に！

〈祥伝社文庫　今月の新刊〉